U0648395

The day
I lost
you

我失去你的那一天

蕊希————作品

湖南文艺出版社
HUNAN LITERATURE AND ART PUBLISHING HOUSE

博集天卷
CS-BOOKY

生命在跟我们讨论的问题

总会随着年龄的增长

而越发深沉而难以启齿吧

仔细想想真是这样
二十五六岁以前的人生，都在迎接
而在那之后的，却尽是挥别

我失去　你 的　　那一天

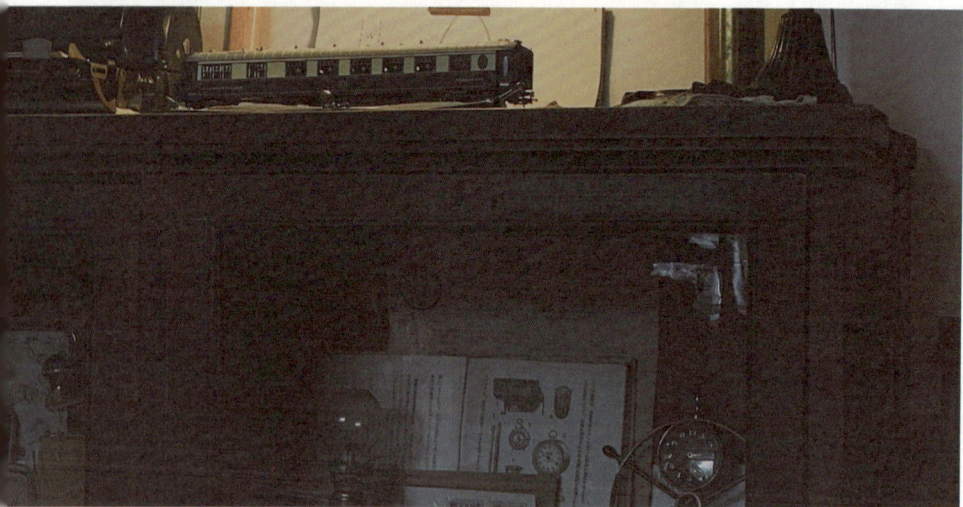

以前渴望新的东西，后来才发现

旧的最珍贵也最难留

我失去 你 的 那一天

等我们终于明白过来

我们不想要那么多新的人事物的时候

当我们想留住老旧沧桑、光阴浸染的那些时

才猛然发觉

它们早已走向了结束的地点

其实未必说的都是生死都是痛失所爱

生命给了我们好多好多东西

而当我们走到今天

我们也要懂得开始将它们慢慢交还

等到有一天

我也终于老去

或许我就能真正体会人间一场

此行一生的深邃

我失去　你　的　　那一天

不知不觉，我们都走到了
要跟生命里的那些重要的人
依次说再见的年纪

The day I lost you

我们跟彼此在某个没有计划过的时间里遇见

然后，又在不被提醒的、看似一切如常的日子里

被告知失去

你是我最想留住的春风和疾雨

你是我夜里想起的黄昏和温柔的土地

你是我时至今日仍然得意的满心欢喜

你是我每一颗泪滴里最不舍得擦去的回忆
你是九月的风沙和凌晨三点的苦酒
你是我年年岁岁里脸红又眼红的理由

The day I lost you

但如果
明天，我就要失去你
那我将用这个日子的每一口呼吸
将你牢记

我们都在来的时候说好不会离开
可后来，有人离开了我们
而我们，也离开了别人

The day I lost you

或许，失去本身并不是最可怕的事情

最可怕的是，我们突然失去的那天

我们的心中，还有好多好多的遗憾

如果我们人生中曾经经历的那些离散

终于能在未来的某个时间点教会我们些什么

那也算我们没有辜负过去的相遇和离开

我失去　你　的　那一天

我失去你的那一天

也会是，我再次走向你的日子

如果，失去总要到来

那就让我们从那天开始，重新相爱

我失去你的那一天

The day I lost you

自　序

我经常会做一个梦，梦见在被迷雾笼罩的山谷里，总有些身影在慢慢远去。

我总觉得那些人离我很近，但任我如何奔走，都无法再次牵起他们的手。

那里没有风，云却从未停留。

它们大概也在赶路，徒劳地，追着些什么。

夜凉如水，月色清清淡淡，像极了你我初遇的那天，凌晨和傍晚。

你敲着我的窗子，说要借我一生的烛火。

我邀你进来，许你，我此生的夜色和春光。

这漫长的一生，总有行尽的时刻。

我们开放，又落于尘土。

晨昏朝暮间，是我们的心事满满，也是我们的相谈甚欢。

从此以后，我们只能对着彼此的疲惫与温柔，隔岸观火。

而我将在你的目光之下，过不再有你的生活。

我言辞闪烁，怅然若失，我的思念多了去处，却再无归途。

时至今日，很多人事都已面目全非。

而在所有的景色里，我却将永远，牢记你，无论后来的你，在哪里。

晚风替我送别了往事。

而你是我的往事里，最有诗意的篇幅。

愿你风吹雨打的一生，终得圆满。

在你结束人间飘摇的那晚。

在我失去你的那一天。

也是直到后来我才明白。

原来，我最想要的不是世界。

而是，在每一个有你的早上，醒来。

愿我总能记起你的模样，愿你依然能在人群中寻见我。

像从前那样。

蕊希

CHAPTER

1

如果，明天就要说再见

CHAPTER

/

2

愿你不要忘了我，总能记起我姓名

CHAPTER / 3

我们都活在时针上，而不是人生里

CHAPTER

4

我将用这个日子里的每一口呼吸，将你牢记

CHAPTER

5

LAST CHAPTER

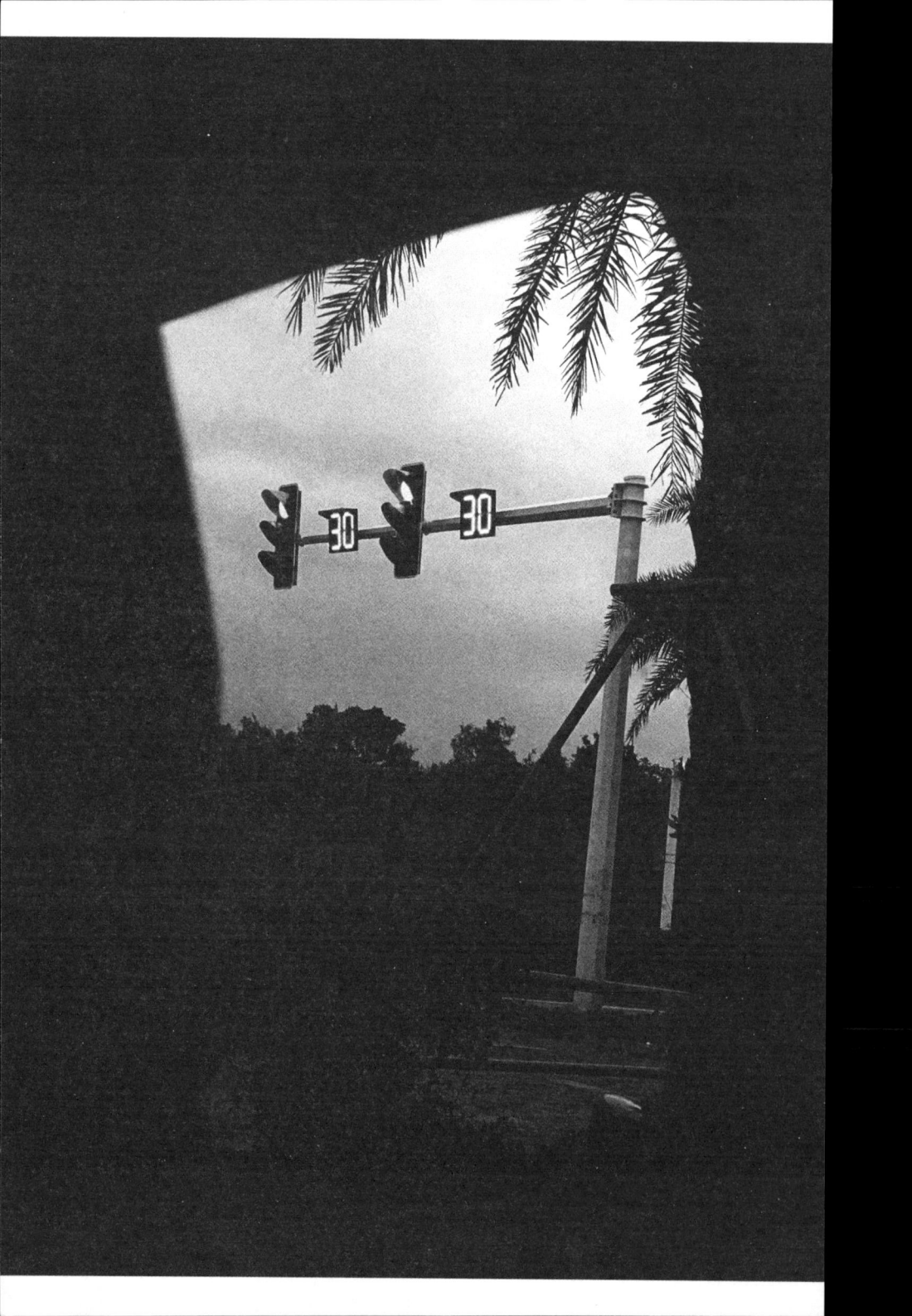

THE

DAY   CHAPTER

I   1

LOST   如果，明天就要说再见

YOU   我 失 去 你 的 那 一 天

01 ▽

我们都走到了跟生命中重要的人
依次说再见的年纪   ⋮

从前，我们一起，在数不尽的日月星辰里，谈过许多心事。而后来，那些人，却成了多年后的我在每一个暮色将近的时间里，最大的心事。

我总是试图在后来的岁月里再次寻找那些人的望穿秋水，可惜最后的最后都只剩下我一个人在暗夜里的浊酒一杯。当我再次怀念起他们的柔情似水，才发现人的生命就是有去无回，而我也只能泪眼愁眉。

等到有一天，我也终于老去，或许我就能真正体会人间一场、此行一生的深邃。我爱过的人，都已成灰，而我也终将与他们重逢，在某天，再相会。山还是山，水还是水，河流依旧奔腾入海。那时候的我们，却未必还能认出彼此。如当年，如我们的第一次会面。

如果真有那一天，答应我，我们一定席地而坐，不醉，不归。

不知不觉，我们都走到了要跟生命里的那些重要的人依次说再见的年纪。

我们跟彼此在某个没有计划过的时间里遇见。然后，又在不被提醒的、看似一切如常的日子里，被告知失去。"告知"是个冷静的词，就像你被雨水淋湿后的那个哆嗦，可你，却无处加衣。

当我们发现我们再也见不到某个人的时候，也是我们最明白，自己有多爱那个人的时候。

"好好珍惜"是被我们每一个人都说到烂的话，可只要"分别"这件事没落到你我身上，我们似乎就永远觉得它离自己还很遥远。

你去问问那些突然面对生死相离的人，哪一个不是满腹遗憾，却再也无处偿还。不要觉得一切都不会发生，在命运面前，所有的意外，其实都在情理之中。

我们跟好多人的关系就是从毫无羁绊，走到了一生纠缠。又有多少人，你渴望多一点儿的纠缠和亏欠，你们之间，却不会再有任何羁绊和牵连。

你看，我们总是这样，在失去一些人之后，开始与黑夜僵持，开始跟自己对峙。岁月总是庸常，生活依旧剑影刀光。

每一段逝去，都成了历史。

而逝去本身，如诗也如是。

人生还要继续，愿你的故事里，总有相逢而无失去。

但愿，总有个人能及时擦去你眼角滑落的泪滴。

如果没有，希望那个人，是你自己。

每个人都是一座岛屿，愿你的那座，永远山花烂漫万里无云。

愿人生初见，春和景明。

愿你不要忘了我，总能记起我姓名。

02 ▽

年轻的时候，我们不懂，
而那时的他们选择不说 ⋮

在莫干山跟一群朋友一起逃离放空的那个周末，一个大家都睡了的晚上，十二点多，我一个人坐在二楼房间的窗台上，向外看。

山里的深夜特别安静，没有路灯，没有霓虹，没有万家灯火，没有觥筹交错里破碎的酒瓶声，没有谁家姑娘被分手后的绝望，没有鸣笛，没有喇叭，没有楼下爱叫的狗。我从窗户看出去，就只能看到屋里台灯的倒影；我能听见的声音，也只有自己和朋友睡梦里的喘息。

我披了件浴袍，轻手轻脚地下楼。通向院子的大木门很重，发出咯吱咯吱的声响。我猜，一定也有其他住客跟我一样，会偷偷在别人睡下之后的晚上，重复我刚才的动作。我猜，他一定也有想念的人，或者不想失去的人。

推开那扇门，我大概用了半分钟。我双手环抱着自己，走进院子。那一刻的我怎么都没想到，我会在下一个半分钟里泪流满面。

我没有编故事，直到后来我回到北京，还是经常会在一个个深夜里，想起那天晚上我一个人时的场景。

我从小在城市里长大，所以我的记忆里，并没有关于"布满星星的夜空"这样的画面，每当有朋友说起，我都很羡慕，羡慕在他们的童年里，有过星空一片。所以也很好笑，我就是在那个已经快二十八岁的晚上，第一次见到了那么多的星星，超级亮的那种，而且我看得到，它们在闪烁着。

然后，就那样，在我抬头看到这一切的瞬间，突然想起了"不该"想起的场景。

半个多月前的一个晚上，我和我妈妈坐在北京家里的床上聊天。我妈妈今年五十二岁，好像到了她这样的年纪，就很愿意回忆。回忆她年轻时候的岁月，回忆当我还是个小姑娘的时候，我们一家三口熬过的苦和从苦里拼命挤出的甜。

"其实，你爸是个不怎么浪漫的人，但是在今年清明节的时候，他说了一句特别浪漫的话。"

我妈说，那天清明节，我爸陪她去给我太姥姥上坟，回家之后，晚上，我妈就坐在家里的窗户旁往外望，跟我爸念叨说："要是姥还在，就好了。姥没看到我过上好日子的样子，姥不知道我现在住上了这么大的房子，姥要是也能坐在这儿，跟我一起看海，该多好。"

我妈说，那天星星特别亮，她看着星星和海，边看边哭。我爸走过去跟她说："哎呀，都说人走了会变成天上的星星，我觉得是真的，姥现在就看着你呢，你现在的样子，她能看到。有一天，咱俩也得走，我们就跟姥一样，会化作天上的星星，然后在天上，看着孩子。"

　　我不记得那天是几月几号，不记得那天北京气温几摄氏度，是晴是雨，不记得那天吃了什么看了什么，我只记得，我妈跟我说这些的时候，我爸正穿着挎篮背心，跟我一墙之隔，在客厅里，给我修着坏掉的插座。

　　原来，我那个不善言辞的爸爸，他只是在自己女儿面前，不善言辞。

　　原来，不知不觉，我们都走到了要做好准备的时候。

　　他们做好准备面对自己的离开，我做好准备面对他们的离开。

　　原来，生命真的不会放过任何一个人。

　　只是，年轻的时候，我们不懂，而那时的他们，选择不说。

　　《玉珍》里说："直到她的苦衷变成了我的，她的仁慈也变成我的了。"

　　这一路，他们选择保护着我们的懵懂，他们选择替我们扛下生活的难处，无论他们是贫穷还是富有，他们都选择了对我们倾其所有。

其实，我真的不知道，人是不是还有来生。但如果有下辈子，我希望我不要再做他们的孩子，也不希望换我来做他们的父母。因为我希望他们不再为我受苦，因为我不知道下辈子的我能不能成为值得被孩子依靠的父母。

所以，我希望他们生在一个特别美好幸福、无忧无虑的家庭，我希望他们能弥补今生的遗憾，来世做一回快乐的小孩。哪怕，我们在此生就此告别，来日再无重逢，也愿他们纯净无忧，再无烦恼困苦。

03 ▽

可不可以答应我，
你离开的那天别太匆忙

⋮

我不知道你们有没有越长大越不敢想的事，我有。

我太害怕生离死别了，有时候不小心触及，便会想尽一切办法让自己转移注意力，不敢继续。然后这种情绪，会随着时间，每一年都比上一年更严重。因为心里知道，每一年，要面对失去的可能性，都比上一年更高。

其实，我们的人生，本来就是一场有去无回的独行，对吗？

如果我终将失去你，可不可以请你答应我，离的那天，别太匆忙？

我站在院子里，就是我推开门之后站立的地方，我甚至没有再往前挪动半步。我就一直仰着头，一直抻着脖子看着。回过神来的时候，因为保持一个姿势太久，已经觉得有点儿晕了。

那天晚上，我看着眼前的星星在想，你说，现在有多少孩子跟我一样，正抬着头找他们失去了的父母和亲人，而天上有多少颗星星，就有多少个已经离开了的父母在盯着自己的孩子。

所以，或许这也算是人死去之后，留给还在世的人最后的礼物吧。也许，他们真的从未离开，只是在用别的方式，陪伴着你我。

这不是自欺欺人的假想，我愿意相信这是真实的浪漫。

而且你们知道吗，那天，我脑子里想起了好多事，好多可怕的事。我甚至觉得在那个晚上我似乎已经失去他们了。

我在想，如果真的走到了那一天，我就要卖掉城市里的房子，然后找一个每天都能看到星星的村庄，自己盖一栋住处。然后，每天只要天一黑，我就还能跟他们生活在一起，我特别想念他们的时候，我一仰头，找到最亮的两颗星星，就可以跟他们说话。说累了，我就去睡觉。

山里的房子不挂窗帘，我会在床头永远留一盏小灯，这样就算睡着了，我们三个里，还不困的那个，很容易就能找到对方。我们望着彼此的眼神低垂，我们看着对方的面目可亲，我们知道，其实今日一切如昨，爱的人，依然伴在左右。

当时，想完这些的时候，我就在心里骂自己。我觉得自己想这些事特别不吉利，毕竟就算只按照人的平均寿命来算，他们最少也能再陪我二十年。可是转念又在心里劝自己，人生未必总能如愿，意外也并非就会躲开你我。

也许我们真的都到了不断为"失去"做好心理准备的年纪。可是我们也都忘了，这件事，无论准备多久，真正来临的那天，我们也还是会觉得猝不及防。

看到这里的你，我想你跟我一起，我们打开日历好不好？你算算按照你今年的计划，你有多少天能跟你的父母家人在一起。不管在哪儿，无论做什么，只要是你们能面对面看到对方的时间，都算。我想大多数人算出来的天数，都不多吧。

2020 年，我和我的父母在一起的时间，为零。

因为疫情，我两年没回大连过年。因为跟我妈妈闹别扭，我们一年半的时间没说过一句话。我和她很像，我完完全全是被她教育出来的。我俩都性格刚强，谁也不肯低头。其实矛盾也不大，各有各的错，也各有各的坚持和倔强，出发点都是为了对方好，但就是谁也不愿意先退让和好。

我和妈妈的感情基础特别特别好，我特别爱她，也非常孝顺，对她很好。但是，唉，难免的，人总是会在爱里犯傻，人也总是偶尔会去伤害最爱自己的人。

后来，我们和好。我妈那天跟我说的话，我永远都忘不了。她跟我说："丫丫，妈妈这辈子很少梦见你，就算你离开家去上大学的那几年，妈妈也就梦见过你一两次。这一年，妈妈总是能梦见你，是真想你，是真害怕你再也不理妈妈了。"

她跟我说这些话的时候，委屈得就像个十几岁的被家长批评的孩子。你们看到这里的时候，也一定觉得我很浑蛋吧，一年多不跟自己的妈妈说话。你们骂我吧，只要你们答应我，你们永远别像我这样对待妈妈。

之后的这一年，我一直在弥补，弥补我们弄丢的时间，弥补那一年我们各自心里的空洞。

今年五一劳动节的时候，他们来北京看我，本来只计划在一起五天，但到第四个晚上的时候，我突然想：为什么面对养育了我二十几年的父母，我却只给他们五天跟我相处的时间？一号早上来，五号晚上走，严谨得好像他们只是我工作行程里的一部分。可他们对此视如珍宝。

我感受得到他们在跟我相处时的小心翼翼，他们不敢跟我谈及结婚生孩子这些敏感的话题，他们的言语里尽是关心和惦记。他们一遍一遍说着怕给我添麻烦，怕影响我工作，怕我为了照顾他们分心。

我爸在北京三十摄氏度的五月，走了快十公里，就为了给我买到两个灯泡帮我换上。我妈整天泡在厨房，换着花样给我做小时候的那些味道，然后她会因为把排骨炖咸了责怪自己一整个晚上，嘴里嘟囔着"唉，老了老了"。

从上大学那天离开家乡，每年回家的天数就是寒暑假的四五十天，到后来我工作就业，每年见面的时间少到两只手就能数得过来。再到现在我即将拥有自己的家庭，**我把所有的时间都给了事业，给了伴侣，给了朋友，给了自己，却唯独在每一次关于时间分配的选项里，都把他们排到了选项 E。**

可是，在他们的青春里，在他们最美好的年华和岁月里，我却是他们心里永远的第一选项。

五月四号的晚上，我退掉了他们第二天的机票。而那天晚上的决定，在我心里，不只是一个机票上的时间而已，更是无论我们陪伴彼此的时间还有多少年，我都希望，他们在我之后人生的时间分配里，不再是预备选项。

他们值得我更多的关心和看得见、摸得着的相处。他们嘴上说着耽误工作，影响休息，但我心里知道，他们甜在心里。

我跟他们说："你们再住一段时间吧，再把我家收拾收拾，再多给我做点儿好吃的，家里的马桶还没修好呢，浴室的玻璃还没擦完呢，一会儿你们赶紧出去买菜，我今天想吃鱼了。"

其实，慢慢上了年纪的他们，最怕的就是，我们不再需要他们了。

别觉得怕他们辛苦，怕他们累着。当**我们慢慢长大**，当我们也有了家庭，当我们能够脱离他们的庇护独自照料好自己的生活，其实对身后的他们来说，虽然内心满是欣慰，但眼里也常含热泪。

他们一次次目送着我们的背影，心想"不必追"也"追不上"，但我们应该走慢点儿，等等他们。被长大成人后的孩子"需要"，其实是他们最骄傲也最幸福的时刻。他们的年纪越来越大，他们会觉得自己在这个社会上越来越没用。但我们做孩子的，要让他们意识到，他们永远重要，永远有用，永远在孩子的心里力大无穷，永远是当年的英雄。

如果说，不具体描述我将如何回报他们的养育之恩，只是用一句话概括，那我想，我能为他们做的，就是给他们一个青春的晚年。

愿他们的晚年容光焕发，稚嫩娇气。

愿他们携着少男少女时的天真和烂漫，因为背后有依，所以无所畏惧。

愿他们慈祥平静，就算白发苍苍，也调皮淘气。

04 ▽

没有过痛失所爱的人，
或许永远不会懂

⋮

我突然想到有一天吃饭的时候我看到的画面。我家的餐桌配的是高脚椅，有一天吃饭，我去冰箱里拿东西，走回去的时候，我看见我妈妈的两只脚在餐桌下晃荡，很有节奏地在玩儿那种，就好像小时候的我们，只有一米出头的身高，腿够不着地面，跷着小脚瞎晃悠的样子。

那天，我看着她的脚，突然理解了那句话，"人老了其实就是变回了孩子"。如果真是这样，那我希望我的妈妈能在晚年的时候，做一个快乐的小孩。

我妈妈的原生家庭并不美好，所以她的童年一点儿都不快乐。她是被她的姥姥、姥爷带大的，所以两位老人过世的时候，是我妈妈最难过的日子。

我常常跟她说："其实命运是公平的，虽然你没有一个好妈妈，但哈哈哈，你有一个好女儿。我会把你妈妈欠你的爱，都给你。"她每次谈及自己的家庭，我都能感受到她内心的巨大痛苦，这是拥有美好家庭的我无法体会的。而这些，在我还小的时候，她却只字未曾向我提起。

我们的妈妈，并非天生强大，她们也有自己人生里的苦恼，也有解不开的心结和永远无法弥补的遗憾。只是因为年轻的她们后来在人群中遇到了他们，于是将自己交付，直到有了我们。

也就从那天开始，她们折断了自己渴望自由的翅膀，在背脊上留下一身的伤；她们藏起自己的不悦和心酸，只为保护你我一生的周全与安康。她们也会想念自己逝去的亲人，她们也背着你哭，背着你难过，背着你舔舐伤口，背着你自己将岁月的苦遗忘。但当她转向你，她的脸上就是晴天，藏起无论怎样都不会被你发现的忧伤。

我们的妈妈，也曾是不经世事的小姑娘，她们也有自己的追求和遥远的梦想，直到有一天认识了我们，于是悄悄藏起了自己内心的炽热和血肉里的凛冽，变成了温柔开明的样子。也在随后漫长的一生中，把自己放在了人生里最不重要的位置上。直到有一天你我长大，到了她们的年纪，或许也已成家，才终于体会到，原来，你也慢慢成了她。

　　也直到那一天你才知道，她从一个莽莽撞撞的小姑娘到成为你的妈妈，究竟付出了多大的代价。可能这就是生命里的成长吧，缓慢而冗长。有些人生道理我们就是要花上十几年甚至几十年的时间慢慢学习，渐渐参透。

　　所以我也时常在想，其实人生最大的良药，是不是恰恰就是多年后的遗憾和悔不当初？

　　没有过痛失所爱的人，或许永远不懂。

　　何谓失去，又何谓珍惜。

　　如果只有遗憾才真正能让我们终于明白些什么，

　　那希望你我的人生里早经历些许。

05 ▽

今天可能就是最后一次，
你见到所爱的人

         ⋮

你们的父母也是这样吗，这几年越来越喜欢翻旧时的照片？

照片里的我脸黑得发亮，身上的小格子裙都是年轻时候手巧的妈妈一针一线缝的。她总是跟我念叨着说，真可惜，那时候的衣服后来都给别人了，应该留几件做纪念的。

照片里的我总是穿着被擦得锃亮的小皮鞋，脚上的袜子也都是妈妈为我的每双鞋精心搭配过的。那个时候流行编那种一节一节的小辫子，头上五颜六色的发圈都是妈妈亲手绑的。我从小就喜欢吃零食，照片里的我总是捧着一大袋虾条，今天一根冰糖葫芦，明天一支融化流了一手的红小豆冰棍。

爸爸年轻的时候很帅，但我没像他多少，遗传他最多的，就是幽默感。妈妈虽算不上漂亮，但因为有个好脑瓜，有副好心肠，所以一直被命运眷顾和保佑。

我们三个人的合影，在我还小的时候有很多很多，后来，就少得可怜了。其中的原因，我之后再慢慢讲给你们听吧。所以现在不管去哪儿，我妈总是爱张罗着拍照，说要把照片洗出来摆满家里的每个地方。

他们这代人哪，不习惯看手机里的照片，他们觉得只有冲洗出来放进相框里的，才是能一直被留住的。

那时候的相册本封面还是红色绒布料的，用现在的审美眼光来看，土是土了些，但那里面飞驰而过的岁月却怎么也追不回来。那时候的相册每一本都很重，也不知道重的是那个本子，还是那里面记录的时间。

他们喜欢翻，但我不喜欢。我害怕看他们年轻的脸，害怕看那时候他们眼中没被岁月侵蚀过的纯洁，害怕一回头看到他们如今样子里那再也回不去的昨天。

这几年，我发现自己多了一个特别不好的习惯。我跟他们说话的时候，不愿看向他们，我害怕看见他们眼睛里过去没有的疲倦，哪怕只是相比于去年。

其实，我心里一直有一个"愿望"，但是这个"愿望"我不能说。爸爸妈妈呀，如果你们看到了这篇文章，请你们答应我，一定"满足"我。

在我们三个的人生没有发生其他意外的情况下，若是你俩要先离开我，那可不可以请你们一定留段视频给我？

你们知道的，我是一个特别坚强的女孩子，你们把我培养得很好，但是，你们离开的那天，一定是我人生里最最最黯淡的一天，一定是我一生中哭得最惨最没办法坚强起来的一天。

我知道，你们一定希望我早点儿走出痛苦，开开心心地生活。我会很努力很努力做到，但请你们在还健康的时候，把所有鼓励的话、安慰的话、让我坚强的话都录在那段视频里，留给我，好让我在你们不在了的日日夜夜里，用来抚慰我自己，让我相信你们其实从未离我远去。

而那也将是我渡过我之后人生里一个又一个难关时最大的力量和勇气。

这是我关于你们最"不孝"的"愿望"。

也是我人生里最希望晚一点儿，再晚一点儿成真的愿望。

马尔克斯在《告别信》里写道："明天从不向任何人做保证，无论青年或老人，今天可能就是你最后一次看到你所爱的人。"

以前我们总觉得，日子还很长，妈妈的饭菜永远吃得到，爸爸的鼾声永远那么响亮，奶奶的故事永远听不完，爷爷对我们的袒护永远都在。可是，当我们被时间推啊推啊推到了今天，我们才渐渐在一个个有关告别的故事里明白：妈妈的饭菜总有一天会成为我们最怀念却再也无法吃到的味道；爸爸响亮的鼾声会慢慢弱去，直到连呼吸都变得缓慢无力；奶奶的故事我们听不到结尾，她的人生却就要结尾了；爷爷的宠爱和袒护有一天也会消失，然后在消失的前一天，他会把它们交给你，于是你也学会了要这样对待你的子孙。

他们的样子，他们的声音，他们的叮嘱和他们留在我们脑海里的记忆，会越来越小声，越来越遥远。

也许我们会慢慢接受，慢慢习惯。

但我们永远都不会忘记。

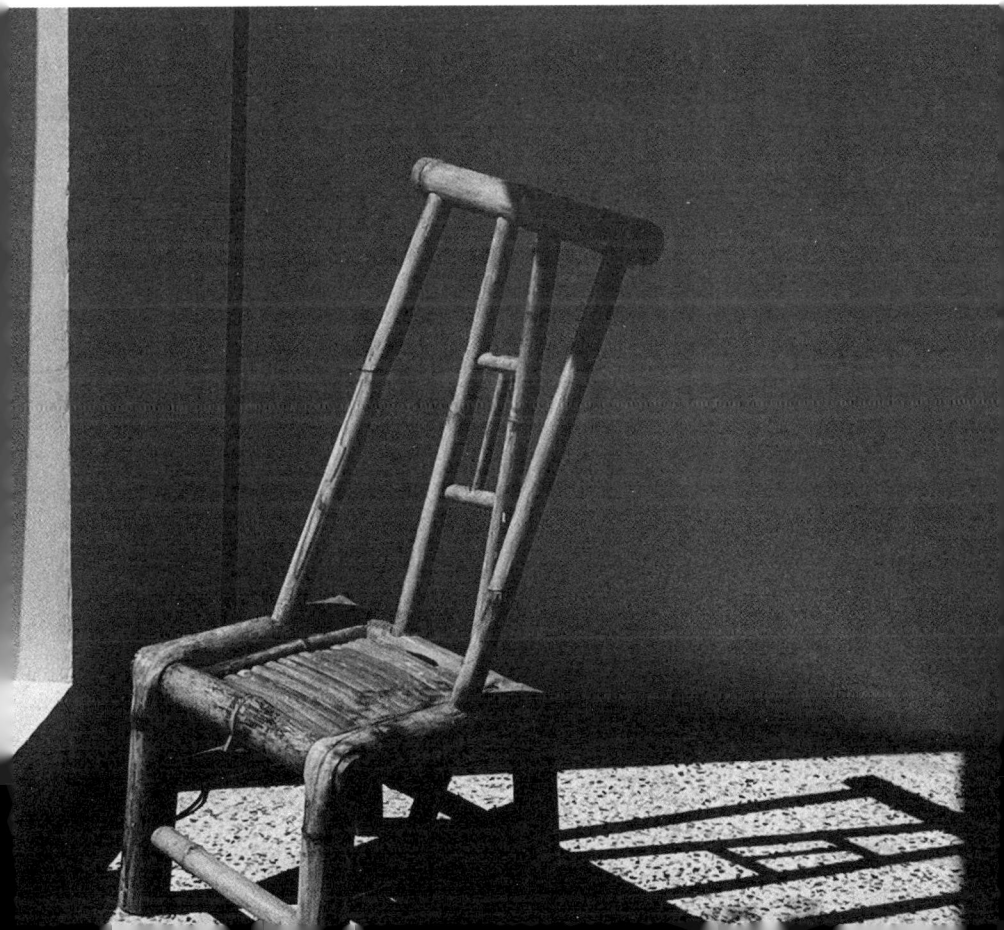

06

人人都曾深陷泥沼，
而我愿意给你怀抱

⋮

　　我记得我之前在一篇文章的留言区里看到过这样两段文字，好像在我看这些字句的过程中，我就陪着他们一起又经历了一遍他们的难过。

　　"人人都曾经深陷泥沼。纪念一个人，就应该让自己的回忆，也深陷他的泥沼。特别是，这个人爱你，你也爱他的时候。因为只有当你看见他曾经陷入的泥沼有多么难行和肮脏，你才会知道他展露的笑容和怀抱，是用了多么大的力气。"

　　"前段时间的某一天，我和我妈妈在酒楼里吃饭，看到邻桌，一位父亲和儿子、儿子的女朋友一起吃饭。父亲吆喝着要喝酒，举止很粗鲁，还要求儿子和儿子女朋友一起陪他喝。当时我说，如果是我带着对象见家长，我爸爸肯定不会这样，他肯定会斯斯文文、举止大方地夹菜给他未来女婿吃。我妈笑了笑，很无奈地说：'在你心里，你爸是不是就是最好的？'我说：'当然啊，逝去的人是有加分的，我永远不会记得他的不好。'"

你看，她说得多好啊，逝去的人是有加分的，你永远不会记得他的不好。

那些在他还在世的时候，你频频计较的、以为无比重要的东西，等到有一天他不在了、离开了，你就会猛然发现，其实，那些一点儿都不重要，其实，当时何必纠结呢。

那些当他还在的时候，不被我们珍惜的、习以为常的那个人的细腻和美好，等到有一天他不在了，我们才终于明白，原来那样的温暖，我们这一生都只能从那一个人的身上得到。

那个彻彻底底离开了的人，你不再记得他的坏毛病和曾经做过的错事，你只是后悔为什么没能在他还在世的时候，多去听听他终其一生都未能完成的心愿和他临行前最后对你的嘱托。

　　"去年四月初，我失去了我的爸爸，我最好的父亲、老师、朋友，全世界最懂我也最最疼爱我的人。可笑的是，因为疫情，我被困在海外，直到今天我都还没能回国。我记得我最后一次见他是在2019年的暑假，他在火车站站台上，送我离开，去北京。上车之后我坐下，他朝我挥手，然后那天，我隔着窗户拍下了他属于我的最后一张照片，而我怎么都没想到，那一面竟然成了我见他的最后一面。直到今天，每次坐火车或者地铁，我都会望着窗外出神。期待那个善良的、充满爱意的、教会我如何心怀宇宙的男人，再次出现在我的眼前。"

　　"不瞒你说，他离开后，我已经习惯了每天晚上睡觉前和自己打赌，会不会梦见他。而那天是第一次，我在现实里，见到他。我站在路边的玻璃窗前抽烟，我以为我看见了爸爸，我以为我看见了，但其实，我看见的是我脑子里藏了很久很久的那部分爸爸。怀念一个人，是要怀念他没那么好的部分的。美好的回忆解释了他对你的爱，不美好的部分解释了他的人生。好啦，爸爸，以前，我都是在梦里和你见面。未来呢，恐怕我越长大，就会在现实里见你越多次。"

　　"怀念骑在爸爸肩膀上的那天，那是我最快乐的时光。还想再亲口说一句'我爱你爸爸'，可是，我再也看不见他的笑了。"

　　你是我最想留住的春风和疾雨。

　　你是我夜里想起的黄昏和温柔的土地。

　　你是我时至今日仍然得意的满心欢喜。

　　你是我每一颗泪滴里最不舍得擦去的回忆。

　　你是九月的风沙和凌晨三点的苦酒。

　　你是我年年岁岁里脸红又眼红的理由。

　　但如果，明天，我就要失去你，

　　那我将用这个日子的每一口呼吸，将你牢记。

07 ▽

在人生的渐行渐远面前，
无人例外 ⋮

我记得我在知乎里看到过这样一段话："一个人的一生，差不多要工作四十年，人生最好的时间都在这里了。这几十年的日子里，你我和千万人一样，吃着相似的外卖，睡着统一的出租屋。面对相同的世界，唯一可控的，就是你我的感受。"

我发现自己失去创作欲望的那段时间，也是我被各种各样的工作挤压到没空生活的日子。我没有心情关注今天的天气，没有心情、信心去品尝食物的味道，没有耐心不快进不倍速地看完一整部电影，没有可能放下手机不处理任何信息，只是在跑步机上踏踏实实地享受运动。

我出生在一个特别普通的家庭，妈妈是学校里的领导，爸爸是工厂里的普通工人。我对儿时的记忆很浅，好多家里的事情都是长大以后他们跟我说起的时候，我才慢慢知道的。关于那些年我们吃过的苦、我父母遭过的罪，我其实是这两三年才慢慢听他们在感慨里讲出来。

我上大学的那天，从大连飞到广州，三个多小时的飞机。别的同学都是父母两个人一起陪着去的学校，帮着孩子安顿好。我是自己搭飞机去的，被子是发物流寄的，生活用品是我拖着两个行李箱搬去的。但其实我当时没觉得有多难过，只是看到别的新生入学都有父母陪着，会觉得羡慕，要是他们也在就好了。

我一直以为那是我爸我妈为了锻炼我，因为我就是被他们从小锻炼到大的。别人家的孩子还是妈妈抱着睡觉的时候，我已经被丢在自己的房间自己的床上自己睡觉了；别人家的孩子还是爷爷奶奶、姥姥姥爷送着上学的时候，我已经自己一个人坐车、走路、跑去学校了。

我还记得一个特别搞笑的画面，是长大之后，我爸学给我听的。我上小学的时候，有一天自己下公交车往家里走，刚好那天我爸跟我回家的时间差不多，他走在我身后，就发现我一直一边走路一边原地转圈圈，再一边走路一边回头。他问我是不是在跳舞，那时候的我说因为天黑害怕不敢自己往前走。如果后来我爸不跟我说，这些事，我自己都不记得了。

还有啊，别人家的孩子每天都能跟爸爸妈妈一起吃饭聊天，但从上初中开始，我跟我爸我妈三个人坐在一起吃饭的日子，就只有每年过春节前的腊月二十九。别人家的孩子中考、高考的那一年，都是父母做饭最精心的一年，讲究荤素搭配营养膳食。可是我的那些重要的阶段都是在学校门口或者在家楼下自己买外卖解决的。

别人家的孩子周末最大的娱乐项目就是父母带着一起去游乐园，寒暑假一起跟着父母旅游。我呢，我不上学的日子里，最大的快乐就是自己坐在家里看电视。我从来不会计算我爸我妈回家的时间，卡着点关电视，再计算好电视背面散去温度的时间，因为在我上初中以后的记忆里，我的父母几乎不会在我睡觉以前回到家里。

但实际上，我们的家庭关系非常和谐——父母相爱，他们也爱我宠我，把最好的一切都给我，我也不怪不埋怨他们。我们之所以会这样和谐，就是因为家里本身条件没那么好，但我的爸爸妈妈一直在努力努力再努力地给我更好的生活。

他们不想让我羡慕班级里其他的同学，他们不想让我觉得自己家里生活拮据，不想让我觉得自己不如别人而没面子。所以，他们做生意，开小铺儿，开文具店，开饺子馆，开烧烤店，开饭店。他们全年无休，每天工作。熬夜是年轻时候的他们生活里的家常便饭。

从我上初中开始，一直到我大学毕业，在这中间十年的时间里，我妈妈的生活就是白天在学校里上班，晚上去店里忙活，忙到十一二点回家的次数都少之又少，绝大多数情况是，凌晨两三点才到家睡觉，然后早上五点半再起床去上班。别说八小时睡眠了，对那十年里的我妈来说，睡上五小时的整觉，都是巨大的奢侈。

在那十年中，我们三个人每年最幸福的一天就是腊月二十九，我们一起去买新衣服，一起吃一顿一年只有一次的团圆饭。我妈是个特别要强的人，从来不说苦不说累，一个女人却把自己当成男人活，甚至内心比男人还坚强得多。

说多了，绕回去。其实也是今年，我妈才告诉我，我上大学的那天，从大连飞去广州的那天，我爸我妈没有送我一起去的原因其实是，那时候，家里真的没什么钱。我妈说她算了一笔账，大连和广州之间来回的机票钱，她和我爸两个人加在一起至少也要三千多块钱，这还没加上住宿吃饭，如果都算上，那些钱是当时店里两名服务员一个月的工资。他们想来想去都觉得太多，所以只能狠心让我自己一个人去。

我妈今年跟我说起这事的时候，还跟我讲了另外一件事。

"丫丫，你记不记得，你上大学的时候，第一年，放完暑假之后回学校，然后十一放国庆假，你跟妈妈说你同学室友都要回家，你也想回来。妈妈那时候不让你回，就说你刚回广州一个月，再回大连也待不上几天，别折腾了。

"其实，哪有妈妈不想孩子的，怎么可能不盼着你回家。

就是因为那个时候，家里钱不富余，你一来一回快两千块钱了。"

大人都是这样吧，自从他们有了小孩，开始为人父母，他们的身体里立马就多了很多本领。他们会打碎了牙往自己肚子里咽，他们会努力在生活的苦涩里找糖吃，他们好像会变得无所不能又无所畏惧。

我妈妈现在特别能睡觉，一睡经常就是十小时甚至十二小时。但我们从来不会主动叫她起床。我跟我爸都说，这是那些年里欠她的睡眠，现在要一天一天慢慢补上。

那个时候的他们和那个时候的我，我们从来都没想过，有一天我们会过上现在这样的生活。我想我们也是万万分之一里的幸运儿，付出的，后来有了回报；辛苦的，后来也发觉值得。

可是这个世界是真的残酷，并不是所有家庭都能在度过了漫长吃苦的岁月后，等来生活的奖赏；也并不是每一个家庭，都能一起走过艰难的日子，最后看到花开，看到果实。

其实，我从小到大家庭条件并不算差，虽然不及大富大贵，但在大连这样的城市也还算生活得滋润。只是因为我的父母要强，他们也希望能给我做榜样。他们一直教育我不能满足于当下，不能在年轻的时候害怕辛苦，也因为他们知道我的理想很大，他们不想成为不能在物质上给予我足够支撑的父母。

我从小学跳舞学体操，学钢琴学画画，学声乐学主持，学奥数学语言，他们一直努力赚钱好让我在不断的学习里，找到自己的兴趣。我参加艺考，每天都在花钱，后来的我能完成自己进中央广播电台当主持人的理想，后来的我能有勇气有能力从国家台辞职创业开公司，现在的我能过上如此丰富有趣、实现财富自由的生活，也全靠那个时候的他们，无条件的支持和付出。

所以我无比感激，虽然他们不曾在我人生的起始点让我拥有更多的美貌、财富，却让我在之后的岁月里学会了如何上进、坚强，如何智慧而真诚地面对生活。

08 ▽

我们的人生就是一个
不断在丢失的过程

⋮

很多关系都结束在了"谁也不想先张口"。

我做过一件愚蠢的事，然后我弄丢了自己十几年的朋友。我很后悔，但是我没有勇气道歉。

那天在上海，我俩约着一起吃饭。临出门前，她发信息说她想带着她弟弟一起。我那天脑袋可能搭错了筋，觉得她莫名其妙——我俩一起吃饭，你干吗要带你弟。

可能是因为那天我本身就心情不好，本来有一堆话想要跟她讲，好像瞬间兴致就没了一样。然后我就干了一件我觉得根本不像我会做的事——我没回她微信，直到今天。

　　我写这篇文章的时候，去翻了一下我和她的聊天记录。我们的最后一次对话停留在 2018 年 8 月 11 日。此刻的我眼泪一直流一直流，我没想到我写这篇文章的时候会哭。是我不对，是我错了。

　　人总是会在那些最重要的人面前耍性子，以为对方一定会原谅你，以为对方一定不会离开你。但生活会告诉你，人是会走的，无论她对你来说有多重要，无论你觉得你们的感情有多牢靠。

　　如果说这本书里所有的文字都是在告诉你要如何去爱、如何面对失去，那这一段就是最好的反面教材，希望这样的滋味你永远不必体会。

　　我知道我现在去道歉，一定也还来得及。
　　但我们中间被弄丢的那三年，我们都再也追不回了。
　　真的对不起。

　　希望你们，别像我一样。

我们的人生就是一个不断在丢失的过程。

祝愿你的"失去"总是迟到。

我们在人生中，总会经历各种关系的无力感吧——我们跟朋友的疏远，我们跟恋人的不再亲密。这个世界上，有些东西靠努力是没有用的。如果你已经用尽力气试过了，朝对方走过了；如果你们还是无法回到最初，不能如昨日般无间，那最好的选择就是：释然，接受，祝福。

我们不必后悔于任何一段走过的路，不必哀怨于曾经苦心经营的某段关系。生命中的每一步都是自己的选择，都是我们曾经满心欢喜的决定。所以，它们、他们都值得我们心怀感激，这是对彼此都美好的事情。

无论现在你是谁，无论你想成为谁，最重要的是好好陪伴和爱护身边的人。

或许，失去本身并不是最可怕的事情。

最可怕的是，我们突然失去的那天，

我们的心中，还有好多好多的遗憾。

如果我们人生中曾经经历的那些离散，

终于能在未来的某个时间点教会我们些什么，

那也算我们没有辜负过去的相遇和离开。

THE

DAY

CHAPTER

2

I

LOST   愿你不要忘了我，

　　　　　总能记起我姓名

YOU   我 失 去 你 的 那 一 天

01 ▽

我们不断成为别人的过去，
也让很多人成了我们的过去   ⋮

　　我们必须承认，人生里的绝大多数光阴，都在为终有一天的分别蓄谋、打算。每一个人的到来，也都携着心碎、阴郁、遗憾和无法弥补的亏欠。

　　我们在彼此的时间里，浪费着各自的钟点，时刻一到，也就挥别。我们都在来的时候说好不会离开。可后来，有人离开了我们，而我们，也离开了别人。

　　我们不断成为别人的过去，也让很多人成了我们的过去。所以时间的运转向来公平，我们在痛失所爱的时刻，也有人正在经历痛失我们。说"不会离开"的时候，我们都真心实意；

说"必须走"的时候，也不过是因为时辰已到，总要远行。

你最好的朋友是谁？我最好的朋友是我自己。以前我觉得我一定要有朋友列表里的 ABCD，他们不分先后，但总能在我需要的时候出现，然后陪伴我。可能因为年纪大了，也可能因为经历下来发现，这个世界上其实根本没有任何人能代替我们自己。

我们不知道如何选择的时候，我们需要的其实并不是旁人的那句"我觉得，你应该"。我们需要的不过只是在听到他那句"我觉得，你应该"时，自己内心真正渴望听到的答案。我们在需要理解需要宽慰的时候，我们需要的也不是旁人真的能帮自己解开问题的症结，我们需要的不过只是那段时间里，自己跟自己内心的和解。

我觉得，人最大的幸福和快乐，就是有一天，我们能跟自己成为最好的朋友。我们不再依赖他人的治愈，而是自己一个人就可以自在得体，通透坦荡。我们不再需要他人的思想来习染我们，而是靠着自我的能量也能野蛮生长。

你想想看，你心情特别不好的时候，最后让你好起来的其实不是别人，而是你自己终于在某一个时刻，选择了放过自己。

困难往往是被我们越想越大的，实际上它就乖乖地待在原地而已，你原本有的是力气跟它对抗。就像我常常觉得自己很搞笑，为什么要怕一只小虫子，它小到都没有你的指甲盖大，可是你却连走过去拍死它的勇气都没有。吓人的根本不是那只小虫子，吓人的是我们心里的那个设定。

我希望自己有一天能达到的境界是，我虽是孤身一人，但我的内心却不觉得孤独。孤身和孤独是两回事，而孤独的感觉，希望越来越年长的我们，都不必经历，也不再懂得。

如果不出意外的话，我和我现在谈了快五年的男朋友，应该也快结婚了。如果我们的生命按照自然规律行进，比我大二十岁的他，应该会先我一步离开吧。我印象里有很多夫妻会讨论关于"老了的时候，希望谁先离开这个世界"，记忆中大多数人都希望先离开的那个人，是自己。

我和我男朋友都不想要孩子。可是我只要一想到，如果有一天他也要离开我，而他的年纪又和我的父母差不了太多，是不是他们的离去就只是三个人的先后之分而已？如果这中间没有其他意外发生，我是不是就要面对如此不堪重负的悲伤？而那时候的我，该如何自己也能有一个人自处的快乐？

所以，可能人生本身就是一个巨大的陷阱吧。

怎么选都像是对的，怎么选也都像是死胡同。

你说是不是每个人在一生中要经历的悲伤，都有总和？

只是时间的问题，但也总归是要经过。

如果终有一天，我要失去我生命中曾经珍爱的每一个人，

那希望那时候的我虽眼里满含泪水，但内心能少有遗憾，

了无亏欠。

02 ▽

他爱的不是你，而是他遇到你的时候的你，
和你的世界   ⋮

　　我希望你能一直陪在我身边。但如果有一天，你告诉我，
你真的要离开。那请你放心，我一定大方地放你走，不强留。
我希望在我们彼此相爱的那些年里，我总是用尽全力。我希望
等到你要走的那天，我们依然留给彼此足够的坦然和体面。

　　我深知"爱"在一个女人的一生中有多么重要，也无比
明白一个女人能在活到年岁渐长的时候，仍然愿意自我肯定，
仍然能够认同自身价值，仍然为自己在年轻时做过的选择发自
内心地感到无悔，仍然热爱生活，更珍爱自己。以上这些在很
大程度上其实都取决于这个人会不会爱，在爱里是否真的足够
聪明。

　　我自认为，也确实在朋友们眼中，我都是个很会恋爱的人。不是说我有多少技巧，我也没研究过男人的心理，更无从提起经营爱情的章法和手段。只是因为在我成长的过程中，无论在哪里捕捉到爱情的片段，我都能反思、醒悟，举一反三，联想到自身。

　　人与人的相处沟通，全靠"真诚"二字，"将心比心"才能"以心换心"。然而，不管你有多爱他，你都必须爱自己比爱他更多一点儿。

　　永远不要因为爱情失去你自己的世界。那个人，他爱的不是你，而是他遇到你的时候的你，和你的世界。

　　所以，无论何时，请你都永远活在那个被他爱上的世界里。那个世界，只能因为他的出现而变得更加明亮、充满光彩，但那个世界永远不可以消失。

　　年纪还小的时候，我们总是对爱情有着很多不切实际的假想，我们天真地以为只要有爱就能抵御万难，只要自己足够爱他，就一定可以不离不弃、厮守终身。于是，我们都在年轻的时候谈过"完全以对方为中心"的恋爱，事事迁就，处处妥协。

我们以为只要不断地顺从对方的心意，就可以留住对方。可是，这个世界上根本没有人喜欢被一味地顺从，顺从是无趣的，你来我往此消彼长才可以长久。

你不能丢掉原本属于你自己的个性，不能为了迎合对方而刻意大幅改变自己。适当的退让和宽容是我们为一段爱能做的也应该做的必要牺牲，这种包容是可以成为习惯可以保持的，但伪装出来的违背自己内心的讨好不可能坚持，自己别扭，对对方也并不公平。

恰好，写这篇文章的前一天晚上，我和几个朋友在一起小酌聊天，聊到其中一个男生刚刚分手。他们两个在一起四年，和很多情侣一样，有过无数美好的记忆。在我们眼里，他俩应该一直这么腻下去才对。慢慢聊起来才知道，他们感情的问题就出在了"讨好"上。

刚在一起的那两年，两个人都有新鲜感，女生为男生改变了很多，做了很多自己过去不愿意做或者根本不会做的事情。男生也无比包容，任何事情都大气儿不敢出，为了让对方开心不断地委屈自己，一味巴结忍让。

开始的时候两个人看起来都很伟大，为了爱情牺牲自己成全对方。可是那个时候的他们没有意识到，其实那样别扭地违背自我，并不可能让感情长久。看起来是在为对方付出，是在为这段感情好，但其实等到感情变淡的那天，等到有外力干扰的那天，两个人都会觉得无力，觉得累，不想再继续委屈自己了。

可是，如果从一开始，两个人就建立起彼此恋爱的"规矩"，讲清楚自己的原则和不能被改变的生活习惯、行事风格、兴趣喜好，彼此尊重又能相互包容，也许他们不会走到今天这样的结果。

我和我们家那位刚在一起的时候，我们就为这段关系定了很多规矩。刚开始的时候，难免觉得冷漠，但时间一长就会发现，开始的"冷漠"反而会让我们的感情一直在走上坡路。我俩在一起五年，不管是我们身边的朋友们还是我们自己，都觉得我俩的感情跟绝大多数情侣不一样，我们似乎没有热恋期，而是一直都在热恋。

我们不是在刚开始认识的时候感情就一下子冲到顶端，然后随着时间，随着对彼此的了解，随着在一起生活的琐碎慢慢走下坡路，以致感情越来越淡，而是越来越深入对方的生活，越来越爱对方，越来越崇拜对方，也越来越离不开对方。

"我可以陪你去做任何事情，我愿意为你付出所有。"这样的话，我们从来没说过。相反，我们都是在告诉对方："我有我自己的生活，有我自己的爱好，我们可以一起，但如果你不喜欢某件事，我不强迫你也跟我一样喜欢，但你不能影响我喜欢。"他喜欢看电影、看话剧、听音乐，他会告诉我他希望我陪他一起，这样我们可以一起经历、一起感受、一起讨论，也可以一起成长。我呢，我会在我有时间、有心情、有状态的时候陪他。我当然非常乐意，但我告诉他，我也有我自己喜欢做的事情，我也有我要处理的工作，在我没忙完自己事情的时候，你不能要求我一定要陪你一起。要么你等我，要么你自己。

我喜欢运动，最近几年我几乎每天都要花两到三小时的时间运动；而他呢，是那种完全不爱动的人，别说运动了，走路散步就已经是他最大的运动消耗了。但我从不强迫他。我俩相处的方式就是，我运动的这两三个小时，刚好够他看一两部他想看但我没有太大兴趣的电影。这就是我们尊重彼此的爱好又不违背自己的内心的相处模式。

这样的相处模式从我们一开始在一起的时候就被彼此"规定"着建立起来了，所以我们相处得很轻松、自在、舒服，我们没有因为另一个人的进入，而打乱自己世界里本该有的节奏。试想一下，如果最初的我们选择在对方面前表现出完美契合的样子，那是不是等到有一天我们都坚持不住、不愿伪装的时候，我们就会成为对方眼里那个"变了"的人，那个"最开始你不是这样的"的人？

但其实，我们自己知道我们都没变，只是一开始的我们以为爱情就应该是"因为爱你，所以什么都可以"。这是不对的。**能够长久的爱，是我们在一开始就明确地告诉对方，什么不可以。**这一点，希望你也能早点儿懂得。

很多女生希望对方的陪伴是不间断的、没有空隙的。如果不能微信秒回，如果不能每天"早安晚安"，如果不能常常电话视频，如果他的目光不是一直围着你转，就焦虑担心、疑神疑鬼、患得患失。我想问你，你真的会爱一个每天满脑子都是你、整天围着你转的男人吗？你不需要他有自己的交友圈子、自己的事业爱好吗？

　　女人容易"双标"，也容易自相矛盾。两个人在一起最好的状态就是，你们都不要去做对方世界的中心，更不要这样要求对方。你人生的中心，不能是任何人，只能是你自己。

　　爱情里的电光石火、热血沸腾，大多只是一个个细小的瞬间，生活才是构成一段确实的关系的本质。

　　每个人都有自己生活的园地，别人可以走进来，但他不能擅自砍掉我们喜欢的植物。两个人走到一起，于是我们多了一块对方所拥有的土地。我们要做的是像原来一样，照料好自己的那块，也时常惦念照看着对方的。谁的土地都不可荒芜，谁的植被也都应该依旧茂盛青葱。

03 ▽

为什么后来的我们总是希望
他给我们更多呢？   ⋮

人很聪明，那个人呢，他会用"你爱自己的方式"来爱你。

我们爱自己的方式，会让对方知道，我该如何被爱。不爱自己的人，就无法长久地被爱。人的一生，最该爱的人就是自己，而这，不是自私。

我曾看过一段采访，讲日本人的恋爱观，说得特别好。大概意思就是说："交往"这件事，不是为了让我们能在休息的时间里有个人陪我们一起去哪里玩儿，交往的本质是，互相支撑着对方的生活。

在一起的时候不是最重要的，最重要的是，当你们两个人没在一起的那些时间里，你们是否能够互为彼此的力量。是在你自己快要败给其他人的诱惑的时候，只要想起对方的脸，就能及时纠正自己的感情，下定决心"还是回家睡吧"的力量；是在你们的房间乱糟糟的时候，你们的孩子哇哇大哭的时候，虽然你已经十分疲惫，但还是决定"站起身来去收拾干净、哄好孩子"的力量；是能互相给予对方"在看不见的地方依然让自己生活得丰富有趣"的力量；是就算此时此刻我们不能在一起，但仍觉得你仿佛就在我身边陪着我努力生活的力量。

我们要找到真正陪伴我们度过一生的那个人，不是简单地在生日的时候送蛋糕，吹蜡烛，陪你许愿；不是纪念日永远不会错过，礼物总是按时出现且包装得体；不是感冒发烧来"大姨妈"的时候，一定要嘘寒问暖，陪在身边端茶倒水；不是刮风下雨的晚上要接你下班送你回家……这种"低成本"的好，不是我们在选择一个陪伴终身的爱人时最该考虑的要素，但往往有太多女生被这些"廉价"的好打动而决定将自己交付相托。

一个人身上真正重要的，是他的修养和谈吐，是他面对周遭的态度，是他控制局面和自己情绪的能力，是他对身边世界表达的关怀和善意，是他的格局和视野，是他对爱与生活的信念和处理纷扰与矛盾时的决心。

但在这里，不要误会我的意思，我不是说这些关怀不好，这些不重要、没必要。能做到这些的男人当然值得被夸奖、被赞扬，但这些不是让你决定嫁给他的直接原因。"对你好"这三个字是附加的，绝不能是唯一。而且，我特别想表达的是，现在社交媒体太发达了，每个人都有足够的空间去展示自己的生活，所以越来越多的女孩过分放大了别人得到的，于是自己的虚荣心得不到满足。

我上面说到的这些"关怀"，真的没有必要刻意在乎。一个懂得爱自己、会爱自己的女人，一个独立、自爱、自信的女人，是不需要男人为自己做上面这些事情的；是不会在这样的付出面前沾沾自喜，觉得自己被深爱、被特殊对待的。

生日就是个日子，每天陪你回家吃饭在家等你的人，即使你生日这天他不在，他也依然深爱着你。这个日子里，与其在意对方给你准备了多少礼物和惊喜，不如去多关心关心那天承受着剧烈疼痛把你生出来的妈妈。

纪念日忘了又怎样呢，为什么要放大一个日子在我们漫长人生中的作用？当然仪式感要有，可是真的不必攀比不必深究。身体不舒服的时候，你真的痛到不能自己烧水、不能自己找药吃了吗？如果只是小病小情，那大可不必假装柔弱，一定要对方来照顾你。刮风下雨的天气里，为什么一定要让对方提早出门堵着车顶着风雨去接你？是我的话，他来了我也不会有多高兴，我会心疼，然后告诉他，下次别来了。因为这些闹脾气、要性子，真的没必要。

在没有遇到那个人之前，我们都是孤身一人，对吗？你我都在独自面对我们生活里的变故和困苦，对吗？我们也都在没有他的情况下，庆祝着我们生命里那些重要的日子和时刻，对吗？那为什么等有一天他来了，我们变得想要索求更多呢？他被派来陪你了，他的出现本就是给我们的无比惊喜的礼物，不是吗？为什么后来的我们总是希望他给我们更多呢？

我们家那位跟我在一起五年，从来没给我烧过一次热水，泡过一次红糖，但这丝毫不影响我明确地知道，他非常爱我。恋爱里的标准千人千面，不要受任何人的影响。无论是父母告诉你的"他作为男朋友或作为老公，应该怎样"，还是你的闺密、朋友们的另一半都怎样怎样，更不要在意你在社交平台上看到的别人被爱的方式。

能被展现出来的都是每个人各自生活里完满而精美的部分，但是，那并不全是生活的真相。也不要总是纠结"为什么同样作为女人，为什么都是同龄人，她就有……她就能……她就可以……而我……"，不要拿自己没有的去跟别人拥有的做比较，因为其实你有的那些，别人可能也没有。

你在羡慕别人的同时，别人也在羡慕你。人要快乐最最重要的一个条件，就是要懂得知足，明白惜福。这不是不思进取，也不是安于现状，而是懂得对拥有的一切心生感激。

因为，我们本来不曾拥有他们。爱情难寻，长久的爱更是恩赐，我相信这个世界上仍然有非常多的人，他们终其一生都没有遇到自己的爱人，即使他们无比优秀，对爱情拥有信念和真诚。

所以，在还拥有的时候，就请好好珍惜吧，爱情不是生命必须给我们的东西，得到的人，已经足够幸运了。

04 ▽

我在人群中多看了你一眼，
于是我们有了后来

⋮

宋丹丹说过一句话，我总是记在心里，这句话大致是：原本我们只是想要一个拥抱，不小心多了一个吻，然后你发现你需要一张床、一套房、一个证。离婚的时候你才忽然想起来，其实，你原本想要的，只是一个拥抱。

这个世界上，没有任何一个人理应对你好，所以永远不要把对方对你的好当作理所应当。

你知道的，他本可以不这样做，只不过是因为，突然的某一天，他在人群中看了你一眼，于是你们有了后来，于是他决定把他手里的爱拿出来，分给你。他可以给得多，也可以给得少。

而你能决定的是要不要继续一直跟他走，但你永远不能扒开他的手，去抢他手里的爱。那是他的，不是你的。你的，在你自己手里呢，你差点儿忘了吧。

妈妈是最在意自己女儿幸不幸福的人，她可能是这个世界上最在乎你、最希望你过得比她幸福的人了。

我妈常常问我："丫丫，他对你好不好？你幸福不幸福？你真的快乐吗？"

我幸福，是真的非常幸福。那种幸福是，尽管我不想失去、不想分开，但如果有一天有什么不可抗的因素让我俩不得不分别，我也能依靠这些年里的幸福，幸福好多年。我可以很肯定地说，如果没有他，就没有我的今天。

如果五年前的他没有在人群里找到我，那现在的我，可能会遗失在人流中，不知去向。当然，我也很自信地知道，如果不是我，他也很难遇到像我这样的人。

他让我在精神上有力量、有依靠，他让我在内心深处有决心、有底气。他让我可以不用害怕除了生离死别人生的任何变故，他让我不害怕失去的同时也拥有面对得到时的波澜不惊。

他让我觉得我真的是个很好的人，是个值得被好好爱护的人。但是，他让我害怕生病，害怕意外，害怕突如其来的遭遇，害怕我们不能陪伴彼此更久一点儿。

我曾在一部韩剧里看到一段话，印象很深，分享给你：

"你认为恋爱是什么呢？是我讨厌愚蠢的自己，所以想要逃避，想要躲藏。可虽然我还是一塌糊涂，但是只要和那个人在一起，我就会变得更加勇敢，变得想要坦然地面对生活。"

所以，好的爱是什么呢？

是你们都各自大胆地信步而行，不必四处张望，不用踟蹰迷惘。因为你们知道，你们并行在各自人生宽阔的马路上，你们各自发光各自闪亮，而对方永远在你身旁，陪你一起坚持到底，不会轻易倒下。

05 ▽

这个世界上，
没有人真的能看懂你的欲言又止 ⋮

在想念的时候才说"我想你"，在生气的时候请一定告诉对方"我讨厌这样的你"。

爱一个人就要让他永远明亮。我是因为你美好的样子而爱上你，我的出现不能让你日渐失去昨天的光彩。

我不能借由爱的名义将你绑缚或者禁锢，你需要永远保有你那珍贵的骄傲，虽与世无争，但也一直携着那份坚韧，偏执而可爱。

我们不曾因为生活而变得粗鄙或者卑劣。我们要永远坦坦荡荡，偶尔脆弱但也绝不倒下，时常敏感却从不被戾气缠绕。

我们各自茁壮，但心里永远知道，我的身后，有人依靠。

我之所以要在此刻，用也许高高在上且有些恶毒的方式告诉你"我讨厌这样的你"，是为了让你知道，我只有现在讨厌你，而我不希望我以后再次讨厌你，你只有知道我讨厌你的样子，才会知道我爱你的时候，是怎样的热烈而真挚。也只有我在严肃认真地告诉你"我不喜欢这样的你"的时候，如果你爱我，你才会真的去改变此时此刻我正面对着的你。

其实，我们都应该明白，真正伤人的不是此刻我告诉你我的不满或者欢喜，而是有一天，我终于攒够了失望决定要离你远去，你竟然才知道我的不满其实是日月交映间的累积。

举个例子，很多男人都习惯回家袜子一丢，衣服随手一扔。大多数女人都受不了对方的这个习惯。刚恋爱或者刚结婚的时候，她们选择了默默隐忍、接受，不念叨不抱怨，自己跟在对方屁股后面收拾整理。

后来，日子一天一天地过，耐心磨没了，愿意包容的心也变少了。生活里开始布满意想不到的琐碎和避之不及的一地鸡毛。于是女人开始怨声载道，开始要求对方改变："什么都是我管我收拾，你就不能管好自己的东西吗？就一双破袜子，不能随手扔进洗衣机吗？"

而男人呢，他会觉得奇怪——我跟你在一起这么长时间，你一直都帮我打理着，为什么突然开始有了这么多抱怨？他会觉得是你变了，不再温柔体贴，不再贤惠且失掉了当年的柔情。可是，你变了吗？你知道，你没变，因为你从一开始就不喜欢他袜子随手一丢、衣服随便一扔的习惯。你在这件事情上的不满其实是自始至终的，只是刚在一起的你选择了包容，选择了自己承受。

可是，他做错了什么呢？他只是和大多数男人一样，骨子里在打理自己生活这件事上没有那么无师自通，一直随意自在不拘小节。他并没有随着日子的叠加变本加厉，他只不过像最初你们在一起的时候一样，同样的"坏习惯"保持了好多年。

　　所以亲爱的，你明白了吗？问题就出在，如果你从一开始选择了包容，那就请包容他一生。

　　我们爱上一个人的过程，就是要爱上他的光芒喜悦连同他的晦暗苦涩，这不是强人所难，而是我们自己也正在被对方如此爱着。

　　问题就出在，要么就请在最开始的时候告诉他"我真的不喜欢你这样。如果你接受不了我的哪些习惯或者生活方式，你也要告诉我。我们能为彼此调整的我们就试着慢慢去磨合，我们真的改变不了的，我们就一起找到一个折中的办法，让两个人都能找到自己的'舒适度'"。

　　其实，最好的人生伴侣就是能在我们这一生漫长的岁月中，无论年华如何变迁，人世怎样流转，始终都能让我们感到相处不累而舒适的人。

　　其实，我们终其一生在寻找的，不过就是你我灵魂里的另一个自己而已，但遗憾的是，找到了的人总是少之又少。

但好在，我们一直都如常地奔走在那难得圆满但也终将圆满的人世间。

　　这个世界上，没有人真的能看懂你的欲言又止，也没有人能透过你的目光神色看透你内心的江河翻涌。

06 ▽

我们感性地相爱，
却也在理性地生活 ⋮

　　这个世界上最有效，也最不伤害他人、不委屈自己的沟通方式就是有话直说。

　　不要隐晦地表达，赞美就请大胆地说出来，让对方知道，就像你也喜欢听到别人的赞美一样。在这件事情上，不分男女，无所谓主动或者矜持。

　　我们家那位第一次亲吻我的时候，是我正在无比认真地夸奖他的时候。后来他告诉我，是我的那段话，让他确定了对我的心意，也确定了他在我心里的样子。他觉得那段表达很真诚也很中肯。他在那段话里不仅看到了我的可爱，还有他自己的。

而这样的赞美，鲜少有女生愿意主动去说。

　　我很庆幸的是，五年来，他给我的感觉相比于那天，只增未减。

　　我会在我想他的时候告诉他我想他，而不是看着微信对话框苦苦纠结"他为什么不找我，为什么不回我微信"；我会在我想他的时候告诉他我想他，不管那个时候的他有没有想我。重要的不是他想我与否，而是让他知道"我在想你"。这，很重要。被想念的感觉，很珍贵，不廉价。

　　我会在收到他给我买的昂贵又有心思的礼物的时候，明确地告诉他我很喜欢这个礼物，也很喜欢他送给我礼物的这个行为，甚至会告诉他，我期待他的下一份礼物。

　　我说这些话的目的不是在索取，也不是礼貌地客气或者谄媚地想要得到更多。我俩是两个都已经实现了财务自由的人，这里没有任何炫耀的意思，只是想表达，其实在我们的相处中，我从来都不在意礼物的多少或者大小，我们也从不计较哪些钱他承担，哪些钱我来付。

我写这段话的意思是：在恋爱和婚姻中，我们要为对方做得好、做得对、做得让我们开心的事情，表达充分而积极的肯定，无论你们在一起多久，都要表达，这会是个良性循环。他知道你开心，他会更积极地做这样的事情让你开心，然后你开心，你表达肯定，他会更开心。两全其美的事情需要的就是我们善于沟通，真诚地表达赞美。

但关于送礼物，还有一种情况：我和我们家那位在刚开始在一起的时候，就定了一个"规矩"。如果对方送的礼物，其实并不实用，自己并不喜欢，那么要讲出来。不管东西便宜还是贵，都不能花冤枉钱，收礼物的人只有喜欢，送礼物的人才会开心。

类似的"规矩"还有一个，是刚开始的时候，他提出来的。最开始我不理解，甚至觉得不妥。

他说："一个人做饭给另一个人吃，如果哪道菜不合口味就一定要讲出来，觉得是咸了还是淡了，糖加少了还是汤汁不够多，都要说出来让对方知道。"

我刚开始不太懂，对方给你做饭，不就是一件很值得开心的事情吗，除非真的是黑暗料理，不然好不好吃，差不多的话其实都应该说好吃说喜欢。

他是这样回答我的："我们是想要长久地跟对方在一起，我们要在一起的不是今天的午饭、明天的晚饭，我们要在这辈子吃很多很多顿饭，我们不能装一辈子，我们要了解对方真正的口味，不能因为感激对方做饭辛苦，就不提出好的建议，违心的夸奖是没有办法让感情长久的。"

我其实不会做饭，我们在一起的这些年，都是他在家做饭等我吃，我觉得很好吃的那天我会特别用力地夸奖他，然后你就会发现他在很细心地品尝那天食物的味道，好知道我喜欢的口味是什么，调味料的比例大概是多少。我觉得太油腻了不太好吃的那顿，我也会让他知道。他从来不会因此沮丧或者不高兴。我们感性地相爱，也在理性地生活。

只有两个人都用成熟的方式相处，才能让你们的爱情去向更开阔明媚的地方。

　　我还记得我俩确定关系的前一天，我们问了彼此一个问题：除了犯罪、家庭暴力、出轨这种一定触碰红线的大事，你最不能接受对方的事情是什么？

　　他的回答是：抽烟、文身和无理取闹。

　　我的回答是：不婚、抖腿和冷暴力。

　　于是，我们从在一起的第一天就知道了对方的禁忌，以及之后在我们的沟通和相处中慢慢了解到的对方的底线和原则。所以我们才能更清楚地知道对方的雷区和红线。

07

在爱里自如轻松的人，
才能得到轻快潇洒的爱情

⋮

　　我还记得我跟我们家那位刚在一起没多久的时候，有一次忘了我们因为什么事情闹得不愉快。我俩在一起的这些年从来没有过激烈的争吵，我们仅有的矛盾也能在沟通中解决，最激烈的情绪也就是争论而已。

　　那次因为什么事现在我想不起来了，总之就是那个晚上他拒绝沟通，我给他打了十几个电话他都要么挂断要么不接。我俩很少打电话，重要的事要么当面说，要么发微信，要么直接视频，我从来不会因为找不到他就夺命连环呼叫，我们在一开始就商量好，如果有分歧一定要"今日事今日毕"，不可以让坏情绪过夜，当晚一定要翻篇儿、和好。

结果那天晚上这个人就一直拒绝沟通，那是我们这几年来，我最生气的一个晚上，也就在那个晚上，我跟他说："我从跟你在一起的第一天就跟你说我拒绝冷暴力，拒绝不沟通的人，拒绝不成熟地回避问题的处理方式，这样的情况我不能接受第二次。"

于是那个晚上过后，直到今天，我们在这个问题上都没有跌过第二次跤。我很感谢他，也感谢那个晚上勇敢表达的我自己。赢的不是我，赢的人，其实是他。

亲密关系里，积极而明确地表达双方真实的想法，是为了你们可以拥有长远而可持续的关系。所以喜欢的不喜欢的，能接受的不能接受的，都要让对方清楚地知道。

我俩之间还有一个"规矩"，是他立的。时至今日，我们仍然受用，经常感慨。他说："我俩之间要有一种足够的信任，就是你要知道我一定会在看到你微信的第一时间就回复你。如果我没有及时回复，就代表我还没看到，如果我看到了，就一定会第一时间回复你。你也一样。"

直到今天，我们从未在回消息这件事情上有过任何不悦。

因为放心，因为信任，也因为那是我们刚刚在一起的时候就通过明确直接的沟通定立的"规矩"。我们不曾打破，也从未怀疑。

而且，很多女人在感情里都有一个"通病"，我也曾有过很长一段时间是这样的。我们总是期待对方能看到我们冷静表面下的气愤，期待对方明白我们"你怎么了""我没事"诸如此类的内心翻滚的情绪，期待对方看透我们面带笑意下的半信半疑和满心猜忌。我们期待对方了解我们的言不由衷和话到嘴边却选择吞下的迟疑。

可是，真的没有人本该看到这些。没有那么多人能明白我们试图藏在自己脑袋里又渴望被看穿的内心戏。想要安慰就主动靠到肩膀上去，想哭就躲到他怀里告诉他现在的你很脆弱，想怎样就试着告诉对方，不要用一件件小事去考验对方是否懂你，是否真的在意你。

在爱里自如轻松的人，才能得到轻快潇洒的爱情。

我知道，这其中的个别字眼听起来像伤害，但实际上那不会是两个人要一起去向他们共同的更好的未来。"伤害"这个词是人发明的，它只有在你觉得它对你构成伤害了的时候才成立，如果你把它想成一个帮助我们成长的词，那自然没有所谓伤害的存在。

亲密关系里不能玻璃心，不能小心翼翼，直言不讳也许才是对你们的爱情最大的保护。好的爱情里需要的是两个敢于袒露真实内心世界的人，他们拥有坚定的关于这个世界和自我的信念感，清晰地知道自己不可被动摇和轻易被习染的价值感，他们都在努力成为让对方不断重复爱上的人，然后竟然也在那样的过程里，变成了连自己都觉得越发可爱的自己。

希望我们都能始终拥有让自己野蛮生长的土地。
希望我们的爱情都真的成为你我人生里新的力量。

08 ▽

每个人都有自己
"孤独"的需要

⋮

你要永远记得，再爱你的人也需要有他自己的时空，而这，无关他爱你的深浅。

就像再厉害的游泳运动员也需要把头探出水面换气，可能只是一秒钟的时间，但就是那一口氧气，也足够他呼吸，然后当他重新将头埋进水里，他又能继续前进。

若即若离，是爱情保鲜的秘诀之一。

我们家那位是中国台湾人，因为年龄差距大的关系，加上我们本来就生长在不同的土地，他从小接受的教育和成长的环境都比较西化。他在两个人的恋爱关系里最怕的就是同居，我们在一起之前，他从来没有过任何一段同居的经历。他看重自己独处的时间和空间，他希望两个人即使从恋爱到婚姻，也都能不因此去挤压自己需要独处的那部分。

说实话，其实刚开始，我并不完全苟同。我总觉得我们的爷爷奶奶、我们的父亲母亲那一代人都是这样相伴几十年一天一天挨着彼此走过的，日子不就是要两个人腻在一起过吗？

也许，人思想的转变总是需要些经历或者时间。

后来我渐渐明白，其实每个人都有自己"孤独"的需要。"孤独"其实从来不是个谈及色变的悲伤的词，我们都需要跟孤独化敌为友、和平共处、握手言和。

孤独感会让我们更加珍惜彼此陪伴的时刻，孤独感会让我们有更多的机会自省、反思，然后参透更多有关人生的真相。

在我们相处的这些年，我们会刻意有节奏地给彼此制造"孤独"。我们不会告诉对方说"我们已经每天腻在一起半个月喽，我们要分开几天喽"。我们已经变得心照不宣，我们在每天二十四小时待在一起的那些日子里尽情享受也付出着对对方的陪伴，我们在分开的日子里一如往常地表达真实的想念，却从不担心对方在自己看不见的空间里做出格的事情背叛自己。

有一个很简单的道理，以吃到好吃的东西为例。其实我们最觉得"你在真好"的时候，不是你们正坐在一起品尝一份美好的食物的时候，而是你正在吃一个很好吃的东西，而他却不在身边，于是你感慨"要是你在就好了"，这才是一个人觉得"你最美好"的时候。

分开是会加深想念的，所以才会有那句"小别胜新婚"。很多时候，不必觉得那是你在为对方制造独处的空间，其实你也很需要自己一个人待着不是吗？

我们就是要承认，只有自己一个人，自己面对自己的时候，才是我们最无拘无束、无所顾忌的时刻。我们不需要照顾另一个人的感受，想吃什么就吃什么，想做什么就能尽管去做，哪怕只是安静地放空，也不用担心是对另一个人的冷落。

要记得，无论你多爱对方，也不管他有多爱你，无论你们在一起只有一个月，还是数十年，都请务必主动、愉悦、满心欢喜地为自己和对方制造一些"孤独"的感受。

成年人的世界里，多的是嘈杂的喧闹和好似永远不会停歇的催促，多的是一刻不停的索取和生怕吃亏的讨要。少的是，在他的目光望向你的那一刻，你就知道，他其实只是需要自己静一静罢了；少的是，有一个知其冷暖的人，愿意短暂离开，好让那个辛苦奔走的成年人终于能在自己的天地里有一些孤身一人的安宁。

亲密关系永远需要聪明的分寸感，知进退，才能长相守。

THE

DAY   CHAPTER

I   3

LOST   我们都活在时针上，
                而不是人生里

YOU   我 失 去 你 的 那 一 天

01 ▽

爱是在无数个欲言又止的
夜里消失的

⋮

如果怀疑有用，那要真相干什么？

这个世界上没有任何一句承诺，是百分之百会兑现的。

这个世界上所有的花言巧语，都要你愿意相信它才有意义。

坚定地相信自己曾被无比真诚而确切地爱过，是我们即使走到了分开的那天也必须毫不动摇地坚持的事情。一个人要离开你，就请接受他不再爱你如初的事实。不爱了是真的，但当时爱过，也是真的。

你在感情里是不是疑心病很重的人，经常诚惶诚恐患得患失，总是担心有第三者出现，取代自己的位置？

我只想分享两点见解：首先，我们必须建立足够的底气"自我热爱"，有底气的人是不会害怕失去的，他们只会惋惜，但不会不知所措；其次，怀疑和猜忌都是无用的情绪，人只要开始怀疑就会无休无止，最后扼杀两个人感情的或许根本不是第三个人的出现，而是你臆想出来的完美的自己。

担心对方出轨的人，通常有三种心理：

首先，对方本来就是意志不坚定的类型，那答案很简单，人是自己选的，要么继续，要么算了。整日整夜地担心，对对方不公平，也在折磨自己。

其次，清楚地知道自己的身上有缺憾，有可能不被对方喜欢的部分。那么很简单，他不喜欢的那部分你能改吗，你愿意改吗？他不喜欢的那部分是不是也是你自己不喜欢的？如果是，那你的思虑就更不应该聚集在担心外来之人上，而是应该积极努力地改造和优化自身。明知不可为而为之，这本身就是在自寻烦恼。

最后，当你开始怀疑对方的生活里可能出现了别人的时候，其实也正是你发现你们的感情里出现了问题的时候。所以，相比找出其实未必真的存在的"竞争对手"，不如潜心解决两个人之间的障碍，黏合裂痕。苍蝇不叮无缝的蛋，第三者能够进入，是因为两个人之间必有这样那样的问题。这样来看，也不必惧怕猜忌的产生，有猜忌也才有了你对感情的重视。

其实，只要怀疑开始产生，人就会没有边际地想要去证实自己的怀疑。就像你查对方的手机，你到底是想发现点儿什么呢，还是不想发现？

如果你真的发现了，你想好解决办法了吗，想好退路了吗，能承受最坏的结果吗？一切还能有机会弥补吗？如果你什么都没发现，你就真的会相信什么都没有吗？还是会跟自己说是对方都偷偷删掉了呢？其实，大部分人都是后者吧。

所以你看，一旦开始怀疑，就不会轻易结束。只要心存猜忌，你就只想找到佐证他在外面不干不净的证据。

我俩从来不看对方的手机。密码彼此都知道，对方所有社交账号、所有软件平台的密码我们都烂熟于心。我们也经常不锁屏把手机晾在桌子上，自己去干别的事情。但我们永远不会以"检查"为目的打开对方的软件，也知道对方不会这样做。

别说真的没什么，就算偶尔有分心溜号的时候其实也都正常。就像上学的时候，哪怕是再好的学生，也会走神，被老师问住。只要不破坏两个人感情里最后的界限，真的没有必要字字较真。

我们的一生，好像总是在不该糊涂的事情面前一头雾水。却又在该睁一只眼闭一只眼的时候，非要明白个彻底。

感情里的一些瞬间，就算看见了，也应该只是当作过眼云烟。能一起携手走到最后的，不是不曾有过磕磕绊绊，而是解决完磕磕绊绊彼此就大大方方选择翻篇儿。

感情里的事，计较不完，也不必计较。有时候我们选择放过的其实不是别人，而是放过了本想纠缠的自己。这样挺好的，不是吗？

02 ▽

就算是再亲密的关系，
也需要时时刻刻心存善意   ⋮

经济独立非常重要，兜里有钱才能脸上有光。

如果你看过我之前的三本书，如果你大概了解过我的故事，你就会知道我其实一直都是一个不太自信的人，而我最大的成长其实就是从我六年前大学毕业之后进入中央广播电台做主持人开始的，也是在我五年前选择从中央广播电台辞职创业开始的。

我开始真正从一个缺乏自信的人走到现在喜欢自己的阶段，两件事对我影响最大：运动和赚钱。

我天生是易胖体质，二十几年来各种各样健康不健康的减肥方法我都试过,坚持到底而后反弹复胖过,半途而废放弃过,终于我明白了一个道理:我们要跟自己的身体和平相处,跟食物保持美好的关系,跟运动成为伙伴。

现在,身上的肌肉线条和腹部的马甲线都在告诉我自己,其实我们一直有能力对自己的身体做出积极的改变,而这些改变其实不是为了展示给别人看的,我们真正期待的不过是对自己的满意。对现在的我来说,每天都坚持两到三小时的健身运动,不是我有多自律,也不是我强迫自己完成的任务,它已经成为我跟自己相处的非常重要的一部分。我很感谢运动让我变得由内而外自信而有光彩。

我也过过清苦的日子,在大学里的时候,在刚毕业进入职场的时候,也常羡慕别人的生活条件,想着有一天自己也能够得着他们的高度。但实际上,我现在赚到的钱是我即使在梦里也没敢想过的。

我是一个在身边所有人眼里都特别努力,自己却时常觉得还不够努力的人。我总说我觉得自己好像比别人多了很多休息和自由支配的时间，别人在工作的时候我可能在睡觉、在游山玩水，但后来想想其实别人在玩乐的时候我也在熬夜。

有一天我在微博里写了一段话：

时间是绝对公平的，能高效管理和利用时间的人，就能拥有更多自由的空间。所以觉得自己不自由的时候不要在别的什么东西上找原因，不自由的症结只在自己。我的自由其实都是对时间的高效利用带给我的。

也许，人能赚到多少钱跟人的心性，跟他面对人事的态度，跟他处理繁重人生的方式都有关系吧。

我们不必羞于谈钱，我们每个人努力工作就是为了赚更多的钱，让我们在意的人过上更好的生活，这本身就是一件很光荣的事情。至于事业上的成就感，并不是每个人都有运气找到，也不是所有人都能选择从事一份自己真正热爱的工作。那赚钱就是我们获取更好的生活最靠谱、最艰难，但也最简单的路径。

以前还小的时候我不懂，我一直想不明白，为什么那么多在婚姻中感受不到幸福的女人，在家庭里受尽压力独自承受生活琐碎的女人，还要苦苦支撑自己的婚姻，低声下气地挽留身边心都早已不在了的男人，为什么就不能有点儿骨气，离开？

说到底，这个女人不过是因为没有脱离一个男人自己生活的勇气和能力。于是只能一味忍让，受尽委屈。

不要说绝对的男女平等，女人所扮演的社会角色、家庭角色就是要承受更多的压力，就是要面面俱到而不失体面。

我们常说分手痛苦，可其实最痛苦的不是那些选择了分开的人，而是想分开却不敢分开、想远离却不得不坚持的人。

比"失去"更可怕的，是因为害怕失去而选择苦苦支撑。能掌握自己财政自由的人，才能掌握自己在一段关系里的去留。

经济独立带给我们的，除了可以随时随意满足自己的消费自由，更重要的是，它给了我们足够说"不"的权利。

不信你去问问那些已经结婚生子的妈妈：没钱能行吗？我永远记得我妈跟我说过的那句话："有钱可以解决人生百分之

九十五的困难，两个人有钱可以避免百分之九十八的争吵。没钱日子也可以过得幸福，但有钱才能真的知道什么叫生活，而不是活着。"

重要的不是对另一个人的爱，知道吗？

重要的，是你对自己生活的爱。

希望我们都能早日成为敢爱，又敢离开的人。

希望我们永远对自己"深陷爱河、芳心永动"。

希望即使最后只剩自己一个人，我们也依旧是个内心富足、钱包鼓鼓的老姑娘。

恋爱、婚姻里的"对手"很重要，只会消耗你的人，要尽早放手。我在曾经的一段感情里，就是不断被消耗的人，吵架，摔东西，大发雷霆，翻脸比翻书还快。我讨厌那段感情里的那个人，更讨厌那段感情里的自己。

你知道，人的情绪其实是有惯性的。你跟一个人在一起的状态其实不只是你在面对这个人的时候才有的，那种糟糕的一点就炸的气场其实也会波及你身边的人。

如果不是我自己的亲身经历，我永远不会相信那个甚至每天都要吵架的我，和现在这个在一起五年从未吵架发脾气的我，是同一个人。

想发脾气的时候，就去照照镜子，你看看自己皱眉的样子和平静而面带笑意的样子，你更喜欢哪一个自己。你更喜欢的就一定也是对方更喜欢的。

不要在无力改变的事情面前多加指责，不要为尚未发生的事情耗尽心力。如果状况已然发生，那平和的姿态，显然更美。

无论男女，撒娇和玩笑，永远亲密的关系里有着超过你想象的力量。我深受其利，希望你也一样。

爱是这个世界上绝不可以被将就的东西。

你我都只活一次，如果我们不能让所有人都满意，

那我们能做的事情就只剩下，务必让自己满意。

03 ▽

如果来不及弥补，
那不如将错就错

⋮

没有人能管得住别人的心，就像别人也管不了你的心。

恋爱里最无聊的讨论就是"关于前任"。

如果你和你前任的分开，是和平的分别，没有背叛、没有辱骂、没有伤痕；如果你一直留着前任的各种联系方式和你们在一起时所有的照片，直到今天；如果你早已不再爱他，只是无法彻底忘记他；如果你们还会联络，但只限于偶尔的惦念和问候；如果你们能够真心地祝愿彼此找到比自己更合适的幸福；如果，有以上这些如果，可是你的现任仍然让你删掉对方的微信，不再联络，你愿意吗？如果你真的照做了，你会开心吗？你会觉得对方是个怎样的人呢？

你会觉得他真的太爱你太怕失去你了，还是会觉得他幼稚可笑不成熟呢？

我不知道你的答案，若是我的话，我不仅不会删，我还会告诉他，不管是联系方式还是照片、回忆，我都会一直留着。

我想要去爱一个重情重义的人，也希望自己是一个重情重义的人。

为什么就是有那么多人不懂，一个人对待前任的方式，就是多年后他对待你的方式。如果给我两个选择，其他所有的条件都一样，一个是删掉所有的前任，全部不再来往联络，另一个是仍然保留着某些前任的联系方式和信件、礼物、照片，我一定会毫不犹豫地选择后者。

一个人值不值得交付，看的不是当下的他是怎样爱你的，而是他在用怎样的态度和口吻去描述曾经爱过他的那些人，是他如何安置他过往的爱人。

人真正的放下是在心底里完成的。他可以因为足够珍惜和你的感情而删掉表面上你看得到的过去，但往往越是没了的，越是会用力在心底里记牢。

逼着对方忘记的人，其实恰恰是在帮助对方牢记。

我们家那位也是，他至今都留着他所有前任的联系方式和跟她们在一起时的照片。我不是嘴硬，我真的觉得这很好。也许人生里的很多事情都是这样吧，一千个人就会有一千种解读。我永远不会把这理解为"旧情未灭，来日或将再燃"，我只会感慨我遇到的这个男人是一个情深义重的好男人。

没有人希望被遗忘，我也一样。如果，万一，日后的某一天，我俩不得不分开，我不希望我们过去日子里的一切都被他丢掉。这不是对后来人的不公平，这是在让后来人知道，这个男人，值得去爱，值得托付，这个男人哪怕是在与你分开的那天，也仍然心肠柔软善良，哪怕你们有过再多的争吵和不悦，他在想起过去的美好时也依然会衷心地欢喜和感激。

我们两个人，也都跟各自的某些前任保持着偶尔、并不密集的联络。我们都很尊重对方在这个事情上有自己的领域和疆土。

我记得我曾经问过他一个问题，我问他：

"你对她还有感情吗？"

我印象很深，他是这样回答我的：

"一定是有感情的，但不是男女之间的那种感情了。"

这个答案，我一字不落地记到了今天。

我特别喜欢这个回答，光明磊落，大方坦诚，不遮遮掩掩，也不欲语还休。对方又没有做伤害我们的事情，而是精心照顾着我们彼此那些年里的时间，那又何谈积怨，又为何要遗忘呢？

我经常在网上看到一些视频，教唆年轻人要如何让现任切断跟前任的联系，四处宣扬还跟前任有来往的人就是渣男渣女，就证明两个人还藕断丝连，早晚会旧情复燃。我每次看到这样的视频都很生气，就是这样不正确的恋爱观让越来越多的人在亲密关系里摆不正自己的位置，只以自己为中心。

退一万步说，我们如果一定要担心，那该担心的是那些还没出现或即将出现在对方世界里的新人，因为那些人才是新鲜感的来源，才是不定的未知。而前任，只不过是在提醒，那个人真的不再合适而已。也是那个人，让我们真的开始慢慢探寻清楚自己的内心，知道自己想要的人生伴侣究竟是怎样的人。是那个人，是那个前任，才让我们的现任，走在了寻找我们的路上，不是吗？

所以，别做无谓的担心，别怀无意义的焦虑，美好与美好的叠加才能生出新的美好来。对另一半的过去面带笑意的人，会让对方刮目相看，也会让自己看得起自己。

其实在爱情里，我们最好的状态就是，像还没有找到对象的阶段一样，时时刻刻都把自己打扮得精致得体，每一天都想着要变得更好、变得有修养有力量，总是积极地要让自己的生活变得丰富，做很有趣的事情以创造更多能够与对方相遇的机会和场合。

那进入恋爱状态之后的我们，也应该一直如此。不要因为已经找到了对方就松懈对自己的要求，不要因为已经找到了对方就疏于对自己形象的装扮和情绪的管理，不要因为已经找到了对方就肆无忌惮地消耗着自己和对方的能量，不要因为已经找到了对方就有恃无恐地以为对方会从一而终、爱你如初。

只有当我们自己的内心充盈起来，当我们的生活足够丰富有趣，当我们能够散发出更多可以让对方不断爱上的光彩，我们才能不必患得患失。

我在之前的书里写过：

新鲜感不是你和不同的人去做过去跟旧人做过的同样的事，而是和旧人去做更多你们一起没做过的新的事情。

这本书里，来讲一个新的：

新鲜感不是让对方十年如一日地坚持只爱过去的那个一成不变的你，并且要求他依然有兴致跟你去做很多新鲜的事情。新鲜感是在十年如一日的岁月里，你从未停止散发你的魅力，你在如常的甚至无聊的岁月里，永远生动，永远有趣，永远光彩照人，于是那个人没有兴致去爱上别人，而是不断地爱上你，爱上同一个人。

这样的新鲜感才是相互的真正的新鲜感。

我在这样要求自己，希望我们都能如此。

爱其实是会消失的，但爱也是一直在生长的。"我爱你"这件事是间断的，它并不连贯，它是由无数个我觉得你很可爱的瞬间构成的。所以明白了吗，我们可爱的时候越多，相爱的时间就越长久。

该塞满爱情的不是无谓的猜疑和心怀忌惮，该塞满爱情的，是你一直让自己可爱，值得被爱。

我跟你在一起之后，我最好的自信就是，我从不担心你的过往经历，我只心系我们未来的星河。我们都可以磊落地谈及从前，但我们也都深知彼此的心里，再无留恋。

而且有一个道理，我们都应该明白。大家都是成年人，一个人如果真的想对你隐瞒什么，是一定可以做到不露马脚不被你发现的。而且，一个人他爱不爱你，其实你自己应该非常清楚才对。

不无中生有，不无病呻吟，才是对好日子最大的敬畏。

我们要知道，被放错了地方的注视，不是迷人的目光。

04 ▽

为你撑伞的人，
自己也走在雨中

⋮

　　我对你说的"天很蓝，水很绿，云彩像棉花一样漂亮"，
其实都在对你说"今天的我其实也好喜欢你"。

　　分享欲是因为有回应，才得以延续的东西。我对你有
没有说不完的话，取决于你是不是让我感受到你愿意听我
说话。

　　前天凌晨两点钟，我在床上翻来覆去怎么都睡不着，于
是突然兴起，翻起我和我们家那位的微信聊天记录。按照时
间顺序，从我们加上微信刚认识的那天，到我们开始每天礼
貌而客套地问候、我们的第一次见面，再到后来我们真的在
一起，然后一直跳着翻，翻到今天。快五年的时间，我翻不

尽我们对话的每一个细节，但我看得到我们两个人在这段关系里的变化。

那几天他在上海我在北京，每天早上，我们如常醒来，第一时间跟对方说早安，然后分享昨晚自己做的梦，睡得好不好。我给他发了这样一段话，跟你们分享：

"你知道吗，我前天晚上睡不着，按照时间顺序在翻咱俩的聊天记录，尤其是我们还没在一起和刚确定关系时的那些，很感动。缘分真奇妙，现在转眼都这么久了，而我们竟然越来越好越来越好了。刚开始其实还有些不理解，觉得彼此有些不合适，我说话的方式其实在现在的我看来还有些很幼稚的地方，哈哈哈哈。现在这么多年过去了，我们的对话里没有冷漠，没有对对方的不再热情和不关心，没有被时间磨平激情而失去耐心。就很感慨，别人都觉得岁月可怕，我却觉得岁月真好！"

我们在这几年间，真的说了好多好多话。第一次见面，我们就从晚上七点聊到十一点多，从那天的四个多小时开始，我们就不厌其烦、享受其中地跟对方一直一直讲到了今天。我们是两个都非常有分享欲的人，小到吃东西的感受，大到国际、宇宙、天文地理，我们想到了什么都愿意跟对方聊。

我们从未嫌弃过对方的分享鸡毛蒜皮不值一提，也从未因为对方说的领域自己不了解听不透彻就敷衍与躲藏。我俩相差二十岁，他喜欢听老歌，他喜欢的歌手都是他那一辈人成长过程里的陪伴，而那些人其实我并不了解，甚至很多人的名字我听都没听过。

他会拉着我看那些歌手年轻时候鼎盛时期的录像画面，会从头到尾地带着我听他们的歌，再看歌词。其实我也不是每一个人都喜欢，也不是每一首歌都觉得好听，但我会向他表达我真实的喜好和感受，他也会告诉我不喜欢没关系，可是我从未有过任何一次拒绝跟他一起分享这样的时刻。

我总觉得，其实我在参与的不是那些我甚至不知道名字的老一辈歌手的歌唱生涯，而是在参与我和他我们两个人还没认识的那些年里他的人生，他想讲给我的关于那些歌声的记忆。

重要的不是歌曲本身，重要的是，我是那个现在陪他听歌的人。而他那种愿意拉着你一起跟你分享的心情，永远不该被忽视，甚至你应该满心欢喜，由衷感激。

你知道吗，你们的爱情不是在说分手的那天消失的，爱是在无数个欲言又止的夜里，在每一个想要说出口却没有被对方接住的瞬间消失的。

去看看那些婚姻走到崩盘边缘的夫妻，去听听那些已经离婚多年的男男女女，哪一对关系走到最后不是都变成了无话可说也不愿再说。

可是他们都还记得吗，最开始的他们也是那个一直讲话，哪怕吃饭咬了筷子硌了牙也要发个信息告诉对方的人。但后来爱就是在爱搭不理中，在一次又一次得不到积极回应中，被磨得干干净净。

"分享欲的丧失，就是散场的开始。"分享欲的另一个名字就叫"我喜欢你"。

如果你想毁灭一段关系，就从不再分享不再多说任何一句话开始。但如果你想让两个人的关系永远保鲜，那就请认真去听去感受对方跟你说的每一句话，对方向你描述的每一个场景、每一种味道、每一刻的心情。那才是一个人爱你时的样子，无论你爱不爱听、想不想听、能不能听懂，只要你还珍视你们之间的感情，就请好好珍惜。就像你虽然知道你的感受别人未必都能懂得，但你也总在期望着，能有个人懂。

我在知乎上曾经看到过一个姑娘分享的一段话：

"相爱的人是一定会分享彼此的生活的，这是爱人之间特有的事情。不只是流水账的汇报，还是两个人之间传递生活中一呼一吸的情绪和乐趣。这些细碎而不加修饰的小开心小烦恼共同构成了'在一起'这件事的全部意义。所以不要好奇为什么那个以前总是主动找你聊天，跟你分享快乐喜悦的人消失了，其实并不是那个人没有东西可分享了，只是你的反应太敷衍了，让他不敢也不愿再说了。人的热情都是会消耗殆尽的，被泼了太多次冷水，无论是谁都会明白要及时止损的。"

其实，你真的想过吗，两个人从有说不完的话到终有一天变得无话可说，实际不是因为真的没有想要分享的了，而是表达的热情一次次被浇灭，分享的欲望一次次被"嗯""哦""啊""是吗""这样啊"杀死了。然后有一天对方竟然跟你说，你怎么都没有话跟我聊了。

这个世界上根本没有无聊而普通的生活，有的只是无趣的人和他自以为高尚、自由、不肤浅、不平庸的灵魂。

人世间所有的分崩离析，其实都是有迹可循的。我们分开的那天，我没有多说什么。因为那个有好多好多话想对你说的我，其实早已死在了那个你根本不曾留意过的凌晨三点。

美好的分享不在于说话的内容有多高尚，它甚至不喜欢技巧，只要言辞真诚，也就足以表达内心所想。美好的分享不是两个人之间相互规定的"打卡式沟通"，不是每天要在什么时间说几次"我爱你""我想你""在干吗""早安""晚安""我睡了"。

恋爱和婚姻不是公式也不是填空，爱情里美好的沟通和分享不是要像做作业一样完成、提交，而是我知道我可以在任何时间打开你的对话框，告诉你我此刻的感受，告诉你我看到的那些生活里的小确幸。你也不必放下手头重要的事情急于回复我，我并不会因此焦虑或者慌张，你只需要在你空闲下来之后讲给我听你的感受就好。而我，也是一样。

连你的废话也有人愿意听，这就是我们都在向往的爱情吧。

"今天的天真蓝，云可真好看。"

"今天中午的盒饭比平常要咸，番茄炒蛋也有点儿酸。"

"我这边下雨了，晴着天下雨的那种，你那里呢？"

"我妈又跟我爸斗嘴吵架了，哈哈哈哈，两个人现在又拿我当传声筒。"

"啊啊啊啊啊啊，我疯了，楼下那家卖串串的店撤店了，我的快乐没了。"

"我昨晚做梦了，梦里一直在跟一只不知道是什么的小怪兽打斗，现在头有点儿疼，感觉睡落枕了，哈哈哈哈哈哈。"

"回来的路上，看到一只小猫在给另一只猫舔毛，看着它们两小只蹭来蹭去的样子，觉得生活真美好。"

"走到楼下的时候，我又看到邻居奶奶了，爷爷还像往常一样推着她，走几步就停下来低头看看她，摸摸她的头，帮她顺一下挂在睫毛上的头发。这就是人人向往的爱情吧，希望咱俩也有那一天。你可要好好陪我啊。"

…………

祝愿你的"废话"一直有人听。

祝愿他叽里咕噜的碎碎念，你总是觉得可爱。

祝愿你们踏遍世间青草，永远把对方放于心尖，暮暮与朝朝。

05 ▽

世界还是那个世界，
而我们不再是我们

⋮

比"这点儿事你怎么都做不好"更有效的回应是，"没关系，我知道你也不想的"。

遇事不责备，讨论解决方法永远比指责谩骂有用一万倍。逞口舌之快，对方难受，自己也不会好过。

类似的事情其实特别普遍，好像特别多人并不懂得一个道理：对他人宽容，其实同时也是对自己宽容。

在亲密关系中，一味地指责是解决不了问题的，因为对方知道自己做得不对的时候，已经足够紧张了，这个事情最有力量的方式就是给予充分的理解和包容，告诉对方没关系，我们想办法一起面对。

　　一个很多情侣或者夫妻都遇到过的场景：家庭旅游，满心欢喜地到了机场，男生发现自己出门之前忘记检查，身份证落在了昨天出门背的包里，没带。女生知道的一瞬间，破口大骂："你这么大个人了，出远门来机场连个身份证都不知道检查吗？你是猪脑子吗？本来好好的心情，现在都被你破坏了。怎么办啊，烦死了。"

　　身份证没带，他不上火吗？他不是也在发现没带的那一刻就知道自己错了吗？他已经很难过了，那作为另一半的你在这种时候能做的真的就只有指责吗？

　　他没有带身份证难道你没有责任吗，不是也应该反思自己吗？机场有办临时身份证的窗口，不用排队，效率很高，分分钟办好。微信小程序里有链接，甚至你站在原地不必挪动脚步，动动手指头，用不了两分钟就可以安心地继续值机安检了。

　　沉着冷静，想办法解决，是事情最快变好的方式，也是两个人都保持心情愉快的方式，而你在这样的时刻向对方表达的善意、理解和宽容，是对方永远不会忘记的东西。这种他以为完蛋了你肯定会不高兴的时候的和声细语，会比你俩窝在家里的沙发上亲密腻歪时的撒娇缠绵更有力量，更动人，更能被记住。

这个道理其实不是最近几年的我在恋爱里学到的，是我大概在十几岁的时候就被我妈妈言传身教学到的道理。我妈告诉我说，她从来不会在已经都那样了无法改变的事情上责怪我爸，她知道他已经很难过、很担心了，他也不想这样，所以她不会有半句不高兴，只是站在他身边告诉他，没关系，有我呢，咱俩一起想办法。

其实两个人在一起久了，就是会变成越来越相似的人。好的习惯坏的习惯都会相互影响，就算是再亲密的关系，也需要时时刻刻心存善意。美好的爱情里的氛围是两个人共同营造的，想在爱里感受到幸福快乐的人，就应该先要求自己做一个这样的人。

两个人能走到一起本来就不是容易的事情，相处中贵在换

位思考，贵在设身处地为对方着想。出现问题要解决问题，而不是埋怨问题的出现。

　　甚至我很感谢问题的出现，了解对方究竟是一个什么样的人的，不正是那些出现问题的时候我们选择了怎样的面对方式吗？

06 ▽

重要的不是对另一个人的爱，
知道吗？

⋮

　　大多数人，都曾或多或少地在爱情里破碎，希望我们的出现能彻底修复那个人和他的破碎。

　　我和我们家那位还没在一起的时候，他就跟我说，他其实是不相信爱情的，他对爱情的态度实际很悲观。我一脸疑惑地问他为什么。

　　他说，他跟每一位前任都曾爱得无比认真，但最后还是慢慢走散。他觉得，爱情终究是会消失的，只是早晚。

　　我不相信，虽然我也分手过，也曾在深夜里痛哭，也遗憾过也破裂过，但我一直打心底里觉得，那些不过只是因为，我还没有遇到最后的那个人。

他跟我说这些话的时候，我没有急着反驳他，我只是点头，告诉他，我对爱情很乐观。**我相信会有那种，最后在生死面前要告别的老夫老妻，他们毫无怨怼，只可惜这辈子没跟这个人一起活得更久一点儿，只恨时间不够长、日子不够久。**

不管这样的概率有多低，也不管别人怎么说，我都相信或许少数的美好就会发生在我自己的身上。

在我的脑海里，一直有一个画面，我不愿多想，但也总在一些很感动的瞬间想起。

如果我们两个人有足够的好运气，真的能陪伴对方走到我们生命的终点，我希望他最后一次拉起我的手的时候，我希望他最后一次亲吻我、最后一次抚摩我头顶的时候，最后一次睁开他已经疲惫无力的双眼的时候，我依然能在他的眼里看到永恒的爱意。

我希望他能跟我说，虽然我们遇见得很晚，但遇见我之后，他这辈子第一次相信爱情不会消失，爱情可以永恒。我希望他能认真地跟我道别，说再见。我希望他能让我知道，无论我们在来世将以怎样的关系再次见面，他都渴望着我们能再一次找到对方，认出彼此。

我希望当我们临别的那天，我终于可以很欣慰地转身，虽满是留恋，但也能努力放开他的手。我希望那天，我的心情平静而安慰，因为我知道我终于用一生的时间，黏合起了他曾经在爱里的破碎。而这就是我能想到的，我为我们的爱情所做的最了不起的事情。

我们每一个人都曾在爱里伤痕累累，虽害怕，却也渴望能被谁解救。我们小心翼翼也害怕担心，我们都对爱情失望，我总想着再试一次，再爱一场。

如果有一天，真的有一个人他愿意带你回家，那你要记得，是那个人爱上了如此伤痕累累的你，而他愿意用一生的时间拥抱你、修复你。

但请你永远不要忘记，其实，他也是满身伤痕地走来。为你撑伞的人，其实，他自己也走在雨中。

我一直觉得我对那个对的人、对的爱情有着近乎完美的想象。我相信这个世界上一定有着一些人，他们的降生和出现就是为了去找到另一个人，他们天造地设，他们的举手投足、一呼一吸都跟对方紧紧贴合。

所以我总认为两个人的相处中总要有些"恭敬"，时间再长感情再深，也要在每一个生活在一起的日子里都保持着对彼此和对爱情这件事的毕恭毕敬。那个人是在人海茫茫里找到的陌生的、本来毫不相关的人，他却把时间、命运，把他一生情绪的起伏和牵绊都给了你，他值得你的细腻和敬意。

我总在想，你说人的一生中最珍贵的东西到底是什么？是时间吧。没有人知道，自己人生的钟表还能走动多久；没有人知道，自己生命的倒计时会在哪一个你根本不曾留意的风和日丽的晌午乍然开始。或许陪伴，来了就不轻易离开的信念感就是我们一直在苦苦寻找的东西。

你看看那些选择了婚姻的人，他们最终选择的一定是在某些重要的感受上治愈了自己的人。我让你的遗憾再也不是遗憾，

我让你的痛苦也能减轻几分，我让你的愉悦有出口，我让你的
辛酸有根据，也让你的努力从此有了意义。

前段时间，我们家那位去体检，回来之后发现某一项指
标严重超出标准范围。于是那段时间我们就一直从生活的各
个方面考虑要怎么调整，要一起把状况控制下来才不至于更
严重。那段时间我们分隔两地，每天就发信息提醒、惦记。
聊到饮食调整的时候，我夸他今天吃得不错，一看就是有在
注意。

他回了一句："为了你，我要好好活。"他其实不怎么
说甜言蜜语，表达谨慎，是那种到了什么阶段才说什么话的
人。因为成熟所以不想辜负，因为不想背离诺言于是从不轻
易许诺。

我也是个不喜欢把承诺放在心里的人，真的，因为我知道，
人只有不抱有期待，才不用面对失望。但这句话，我听到心里
去了。

因为有你在，所以日子会一直让人充满期待。

因为有你的叮咛，所以我们可以经受得起生活里的日晒和风浪。

因为有你的注视，所以我希望自己可以活成让你骄傲的模样。

因为你，我总是珍惜，也无尽感激。

07 ▽

被放错了地方的注视，
不是迷人的目光

⋮

　　人越长大就越懂得陪伴的可贵。年轻的时候我们总是用尽温柔，等到我们年老了，也让我们仍然祥和又仁慈。

　　曾经看过一部讲分别的电影，其中一幕印象深刻。爷爷在奶奶临终前，走到床前趴在奶奶的耳边对她说：

　　"睡吧，我走了好吗？

　　"我走了，要乖一点儿。

　　"听话，不能摔跤哦。

　　"亲亲，要乖一点儿啊。"

　　奶奶应该是带着笑意离开的吧。

　　奶奶去到另一个世界的路上，一定有自己的老伴儿在这里为她点灯。

想想真的好难过，世间万物，都自由生长，却也都相互牵绊。为什么那么好的两个人最后却要隔着天地相互凝望。

走的时候平静安宁的人，一定是在这一生里做过许多善事，被爱到了临终前最后一秒钟的人，也一定曾在爱里不声张地付出过不为人知的很多很多。

人早晚都会从这尘世间走远，直到消失不见，可我相信，爱，它是不会消失的。

美好的爱情会永远被这个世界记得，被一草一木，被山川湖水，被朝阳落日，一一记下，永生永世延绵不绝。

如果真的还有来生还有下一世，我知道我和你一定无法再以此生的身份会面，但我知道，我们总会用某种今生的我们不知道的形式相见。

虽然来生的你我不再拥有此生的姓名，但总会有些什么将你我再次相连。其实呀，我们都知道，我们没有多一辈子的时间和机会了，别总惦记着"下一次""下辈子"，这一生遇见的人就要在这辈子好好爱尽。

当临终的我们躺在床上，也许那时候的你我都不再有张口说话的力量，当我们用临行前的最后一丝气力回忆此生的时候，但愿我们的内心都坦荡释然，没有遗憾。

我也不知道我们还能陪伴对方多长多久，可是只要明天醒来的时候，你还在我身边，就觉得人间圆满，生命值得。

我也不知道这辈子，你对我，还满意吗？

如有不周——肯定有很多不周——请你原谅我吧，我也是第一次做伴侣、做爱人，虽然这几十年我们总有磕磕绊绊，但我从未后悔年轻时的我选择你并且勇敢地抵御万难坚定地站在了你的身边。

愿人生初见，春和景明。

愿你不要忘了我，总能记起我姓名。

08 ▽

愿有人代替我，
将你拥入怀中

⋮

如果有一天，你发现自己不再爱我了，请你一定一定告诉我。

那一天，我一定会很难过。

你不喜欢我哭，我会试着不让眼泪流下来。但家里的毛巾，它一定忍不住。

那一天，我一定看不到窗外明媚的春色。

但我一定会用尽我全身的气力，记住那一天我对面的你的样子。

那天最好是下雨天，电闪雷鸣，大雨瓢泼。

那天，你要诚实地告诉我，你终于不再爱我。

但你也务必让我知道，你曾无比真心地爱过。

那天，你不能只是跟我说"我们分手吧"。

你要很认真地对我完成你对我的嘱托。

你要很郑重地把"我"还回来，还给我。

因为从决定跟你在一起的那天开始，我就已经给了你，一半的我。

所以那天，你要谢谢那个我，

然后告诉那个我，

其实你并不是嫌弃了，你只是想自己一个人去看人生之后的景色了。

这世上那么多人，我们有幸找到彼此，

虽未能相互成就走到更远的地方，但因为曾经同行，

于是也不觉得辛苦，内心深感值得。

我们必须好好作别，然后答应彼此要努力奔向新的林间日月。

从此，愿你的世界总是湖光山色。

愿你在与我告别了的岁月里，

依然开朗美好，依然闪着光亮。

而我，也是一样。

愿你我之后的日子，

都仍旧，被过成诗歌。

愿那诗歌，能停靠后来之人久经漂泊的梦想和心安。

愿日后，你也总能爱得尽兴而无憾。

愿在你每一个疲惫的瞬间，都能有人代替我，将你拥入怀中。

愿你我，不必再见。

愿即使再见，眉间也和润漂亮。

THE

DAY   CHAPTER

I   4

LOST   我将用这个日子里的
                每一口呼吸，将你牢记

YOU   我 失 去 你 的 那 一 天

01 ▽

"再见"不是"下次见"，
而是"再也不见"   ⋮

幸福不是你们有多合适，而是你们如何处理你们不合适的地方。

天底下根本没有完美契合的另一半，能走到最后的都是愿意打碎自己，然后再跟对方的碎片重新捏合。而我从来都不觉得爱情的终点是亲情，爱情它永远都应该是爱情。

愿承诺常常兑现，愿付出过的不觉后悔，愿你一直是自己，而那个人一直爱你。愿多年以后，很多很多年以后，你们相爱依旧。愿这一路上，你们不再爱上别人，而是不断地爱上彼此。

我开始抱着一种"总有一天会失去"的心态去面对重要的人和事，就是我知道，我们总有一天会分开。或许对那些在爱里有恃无恐的人来说，他们不过就是仗着"以为自己不会失去"，然后肆意挥霍两个人爱里的内存。但其实，"失去"从没离哪个人更远一点儿。

旁人惋惜的突然之间的离散，其实对当事人来说都是蓄谋已久的积攒。如果坚持比放弃更难，那何必苦苦支撑，到最后谁都求不来圆满。

你会去查对方的手机吗？

如果查，你的目的是什么？

你是希望查出来还是查不出来呢？

如果查不出来，你会相信真的什么都没有吗？

如果查出来了，要以怎样的方式收场呢？

那查的意义，到底是什么呢？

其实当怀疑产生了，只要没有证据能佐证你的怀疑是对的，那这种怀疑就不会轻易消失。其实我们每个人都很清楚，对方爱不爱你，究竟有多爱你。

虽然人的苦难总是相通，

但又怎能奢望你的难过别人能懂。

离别常有，而重逢少见。

所以分开的时候，记得要好好说再见。

因为你我人生里常有的再见，不是真的"下次见"，

而是"再也不见"。

如果一切可以重新开始，

你还会选择现在的生活吗？

如果可以再来一次，

现在陪在你身边的人，你还愿意一起吗？

让你哭得最惨的人，

也一定给过你最多的笑。

所以别在走散的时候叫苦连连，

那才是你们留给彼此，最后的体面。

我不是在等你回头，

我是在等自己放手。

我最难过的那天，笑声最大。

我最想你的那天，哭声最小。

02 ▽

只有当我成为你的那天，
我才终于懂了你

⋮

原来，我们已经和很多人见完了此生的最后一面。

我渐渐送别了，我曾经以为永远不会从我人生里离开的朋友。一开始的我，心里总有很多怨恨和不解。后来回想起来，也总觉得遗憾，苦心经营却落得失去的境地。

但现在，我终于开始明白，人生就像飞机和高铁，有人买票上车，也有人到站就必须离开。到了站点，总有人要下去的，不是你们谁错了，只是缘分散尽，彼此的人生不会再有更多交集，各自总要奔向新的天地。

我有一个相处十年的朋友，以前在一座城市里的时候，我们是那种几乎每天都要从早到晚黏在一起的人。我们陪伴着彼此一起吃饭，一起睡觉，一起减肥，也一起做梦。我们总是在日子撑不下去了的时候，把钱放到一起花。在那些很苦的日子里，我们就是对方最快乐的支撑。

我们不闹别扭也不吵架，除了在那些觉得对方真的做错事情、想法偏激的时候。我们会偶尔地怒其不争，也会经常心疼对方的脆弱。

后来，跟所有人和自己的朋友渐行渐远的原因一样，我们开始去往不同的城市，我们做着不同的工作，交着彼此不再认识的朋友，我们生活里发生的那些开心和不开心的事情，彼此都不再是我们想要第一个分享的人。

我们变成了只在朋友圈里偶尔问候的普通朋友。我们变成了只有出差去到对方的城市而恰好对方也在的时候，才会见上一面的普通朋友。

我们聊天的内容，开始变得不再深入，我们开始只能了解到对方生活的皮毛：哦，你换工作了；哦，你又谈恋爱了；哦，你已经买房子了；哦，你这次是来谈晋升的……

原来，我们每一个人都曾经活在"以为对方不会远去"的乌托邦里；原来，我们每一个人都曾经以为自己会是那个例外，可是生活会教会我们，在人生的渐行渐远面前，无人例外。

你看，小孩的世界就是比较好，他们约好了明天放学之后还要一起玩儿啊，那到了明天傍晚，他们就真的会见面。可是我们呢，我们明明也说了"下次见啊""有空常联络""等你回来了一起吃饭啊"，但是，我们也都知道，大家都只是说说而已。

我跟这个十年的朋友，我们分别之后最长的一次微信聊天是在去年冬天。有一天晚上因为看了部电影，很感慨，我就发了个朋友圈写了一大段话。五分钟之后，她在下面评论问我怎么了，让我要坚强。本来我以为那天晚上也就是我们两个人这样在评论区里一来一回，没想到她后来会直接发微信给我。

你知道的，不再拥有共同生活圈的两个朋友，连问及"你怎么了""你还好吗"，其实都是需要勇气的。因为一方要翻出一大堆前因后果的故事跟你讲清楚，另一方要有足够的耐心听懂、追问、安慰。

因为在我们从对方生活中走失的那些时间，我们必须一一
回顾，再一一诉说。如果可以，我多希望，我们也能回到我什
么都不用说，我只是看了你一眼，你就懂了的那天。

那天晚上我们一大段一大段、一来一回地聊了很多，我告
诉她我非常非常想念她，我说等疫情过后，我一定要去长沙见
你。她说，好，我等你。

但是，可笑的是，疫情很快过去了，我却还是出于这样那
样的原因，没去找她。再后来，她邀请我参加她的婚礼当伴娘，
恰巧那几天我有很重要的工作已经提前安排好不能改时间，我
们还是没能见面。

要知道，我们可是曾经在夜里坐在广州闷热的楼梯间，挠
着被咬得浑身的蚊子包也要跟对方聊到天亮的人哪；我们可是
在那些年里热烈地讨论过我俩谁会先结婚生子，谁会先给谁的
孩子当干妈的人哪；我们都曾是过去的那些年里，对方口中的
"这是我最好的朋友"的人哪。

可能人的年纪越大，就越会觉得时间过得很着急吧。我们失散在对方生活里的时间其实已经有六年了，**世界仍然是那个世界，而我们都已经不再是我们了。**

也许此刻，还有很多就如同当年的我们一样年轻的小姑娘，她们也在跟自己最好的朋友说着"我们永远不要分开哦"。如果好朋友间的疏远和失散是有名额的，那希望我空出来的这个"永远不分开"的名额可以给她们。如果现在的她们，不必成为后来的我们，该有多好。

可是如果你问我，我也感到遗憾吗？

不，有些人哪，就是用来错过的。

拥有过，就足够了。

她婚礼当天，我没去，我包了 8888 的红包，我说你一定要收下，不然我会很难过。她说好。

也许等到我们再次见面，我们都早已不再是十八岁那年，我们刚刚认识彼此时的脸，但那时的我们也一定喜笑颜开，眼里尽是留恋。

03 ▽

人总是要在自顾自地摸索中，
才能慢慢靠近你自己生活的真相

⋮

　　以前，觉得心情不好的时候有人分享、有电话可打，能毫无保留地把心里的脆弱摊开来给对方看，是最难得的事情。

　　现在，才慢慢发觉，比这更难的是，找到能分享喜悦的人，能真心地为你的喜悦感到骄傲和开心的人。年纪越大越明白，这样的人少之又少。

　　马上要步入二十八岁了。前几年还觉得自己特别年轻，总是很骄傲自己是个90后女老板。虽然总是很谦虚，也深知自己的各种毛病，但偶尔还是会觉得自己挺优秀，年纪轻轻还算有些成绩，哈哈哈。真不要脸！

　　但现在不觉得了，没有这样的想法了。现在我开始用三十几岁的眼光审视自己，开始反思那些偶尔沾沾自喜的时刻。然后，试图给自己定一些更了不起的目标，但我不再强迫自己一定要做到，而是期待自己在那样的过程中发现自己身上更多可爱的方面。

最近喜欢上一个生活在美国的博主。第一次看她视频的时候，听口音就知道她也是大连人，所以有莫名的好感。

她老公是个美国人，家里一儿一女，一家四口。刚开始看她视频就是单纯地觉得很快乐。我最近自己一个人在家，难免觉得寂寞，看她视频的时候觉得房间里的空气都开心起来了。这个人嘴快，但脑子更快。然后我花了两个晚上的时间恶补了她发过的所有视频。两个晚上我都看到凌晨四点才舍得放下手机。

我在她的视频里收获很大，我特别喜欢她的善良和通透。我觉得她活得知足潇洒，善于观察生活，更善于接收日复一日平淡生活里细小的家庭乐趣和温暖。她长得一点儿都不漂亮，但我深深地被她的个人魅力吸引，并且相信她的两个孩子在这样的妈妈的教育下一定能成长得特别端正自如。

　　其实，很多人不快乐，是因为自己缺乏快乐的能力。我愿意把快乐形容为一种能力，不快乐的人捕捉不到生活里的细小美好，却无比擅长放大沮丧，放大不公。

　　我反而觉得，苦难不是命运给的，也不是生活给的，是你自己把它确切地定义成苦难的时候，你给自己的。

　　这几年里，我最大的改变是运动带给我的。2019 年生日，我是在新加坡过的。从新加坡回来的时候，我开始决定要减肥，但怎么也没想到，我这一坚持就到了今天。

　　我现在每天起床运动三小时，雷打不动（姨妈期就做瑜伽），并且我会一直坚持这样的习惯。这几年运动让我拥有了马甲线，拥有了肌肉线条，拥有了再也不用修图推肉瘦脸的体验。

　　我变得很自信，也开始真正地喜欢自己的生活方式。前段时间，我录了一个综艺，弹幕里有人说我活得太累太较真太矫情。特别有意思的是，我看到这些评论一点儿都没影响自己的心情。我无比欣喜自己的变化，自律的生活带给了我从没有过的快乐。所以记得，不必生活在任何人的嘴里，也不要教育别人去过你认为正确的人生。

因为，人总是要在自顾自地摸索中，才能慢慢靠近你自己生活的真相。

想谢谢二十七岁和这之前的自己，最重要的是，谢谢老天爷赐予我的天赋，谢谢我的父母发现、尊重并保护了我的天赋。

我一直在做自己热爱的事情，很幸运我喜欢的事情和我拥有能力的事情是同一件。这几年我在大连给父母买过海景房，在一些城市买过投资房，以前扯着嗓子发誓肯定不会在北京买房子的我，竟然也在北京买了两套房子。

我很开心也很知足，我的人生很有趣，也总是充满惊喜。

而且，又是被美好的爱包围的一年。

谢谢被爱，被宠爱。

谢谢好的爱让我变成比从前更好的人。

04 ▽

每个人的岁月都满是炊烟，
也都有各自的阴晴圆缺

⋮

我家楼下马路对面，有一对推着餐车卖铁板烧的小夫妻。他们是从今年冬天开始在这里卖铁板烧的。

一辆小三轮车，要用脚蹬的那种。车后面支开就是一个桌子大小的平面。有一次我等餐的时候无聊，数过，一共摆着二十一种不同的食材。他们家的金针菇和烧饼尤其好吃，酱的味道很浓，吃着也不油。

夫妻二人年纪看着都不大，三十出头的样子。餐车被打理得很干净，蔬菜和肉看起来都是早上才买的，品质很好。这样卫生得体的小摊儿在路边不多见，所以从他们来这里开始，我每周要吃上三次。

从我家窗户口往下看刚好有一棵长得特别茂盛的树，树的位置恰好挡住了这个小摊儿。有一天晚上十二点多，我特别饿，特别想吃他们家的肉串，不知道他们有没有做到那么晚，索性下楼碰碰运气。

那天晚上北京风特别大，我走到楼门洞的时候就远远看到了他们俩和摊儿上的那盏小灯。觉得感动。其实我吃不了那么多的，晚上想吃夜宵的时候大多也只是嘴馋，平时四五十块钱就能吃得特别饱，那天我买了两百多块钱的。

我们已经很熟了，每次点完餐等餐的时候都会跟老板娘聊几句。她问我今天怎么买这么多，我说家里有朋友，一起玩儿完太饿了，多买点儿，大家一起吃，你家东西好吃。

老板娘随手又夹了三个烧饼一把羊肉加在铁板上，冲我挑了个眉。我问他们，真没想到这么晚了你们还在，还不收工吗？老板说，在这儿卖完还要去隔壁两条街，生意不好的时候卖到凌晨一两点，人多的时候天亮了才收摊儿。

你看，谁的生活里不是满是炊烟，每个人的岁月里也都有自己的阴晴圆缺。

其实每个人都有机会改变自己的命运，真的。无论你生在怎样的家庭，无论你的起点跟别人相差多远。其实，只要你愿意，改变永远都来得及。

我不知道你们有没有这样的感觉，我每次看到街上那些为了生活辛苦奔走的人，都觉得感动，也觉得有力量。每一次，都这样。

我家楼下的公园门口，有一位老大爷，他从去年秋天开始在我家这一片卖花。他骑辆车，就是那种小时候我爷爷载我的自行车，车后座上拴着一个白色的油漆桶，里面的鲜花总是塞得满满当当。

他每天从下午四五点钟开始，就一直推着车绕着公园和附近的几个小区转悠、吆喝。经过的人都会驻足看看闻闻，但掏钱买走一两枝的其实不多。我也只买过三次，第一次是碰见他在卖的那天，我觉得新鲜，刚好家里的鲜花都枯了该扔了，加上老大爷特别热情，我就买了十枝洋甘菊。

　　第二次是个北京刮沙尘暴的傍晚，五点多钟天就已经黑透了，那天又刮风又下雨，路上的车身上都是泥点子，我心疼桶里的花，也心疼他，我想赶紧带那些小花回家，也想赶紧让大爷回家。我买了一堆，虽然都是我不喜欢的粉粉红红的颜色，他说你再多挑点儿吧，给你算便宜点儿，卖完这些他就走了。我说好。我拿着那一大捧其实自己并不太喜欢的花，却第一次，并不觉得它们丑。

　　第三次，是今天。今天我碰到他的地方是小区楼下公园的大门口——阿姨们每晚跳广场舞的地方。北京格外地热，晚上八点，天还亮着，我翻了下天气预报的软件，三十六摄氏度，闷热得感觉像是南方城市的夏天。

　　跳舞的阿姨们个个穿得鲜艳，波希米亚风，吉卜赛女郎风……我看着她们，心想，真好。其实年年岁岁也都有年年岁岁的欢喜，日日夜夜也都有日日夜夜的浪漫，人内心美好的情况只要自己愿意，那就永远不会随着光阴而削减。

　　我晃悠到大爷身边，跟他买了两枝百合。其实我不喜欢百合的香味，但那天的百合还没完全打开花苞，我觉得挺好，回家慢慢看着开再慢慢谢掉。

　　我家楼栋里打扫卫生的阿姨，看上去六十多岁的样子，我们物业管理严格，要统一着装，要装备齐全，要面带微笑。我每次看到她，她都乐呵呵的。年初的时候因为疫情，我大概有四五个月没见到她，后来一次在电梯里碰面，才听她说，因为老家是小地方，管得严，回不来，现在形势没那么严峻了，回来隔离完就能干活了。

　　我跟她说："您没在的时候，就觉得您在真好啊，还是您打扫得最干净。"她憨憨地笑，跟我说："嘿嘿，这楼里的业主们都这么说，回来了，以后都在。"这位阿姨心很细，我每次扔的垃圾里，如果有碎掉的玻璃，或者扎手的刺啊植物啊什么的，我都会在上面留张字条，让她留意着点儿。

　　我的一部分工作内容常常要买很多东西，所以家里快递总是很多，拆完的纸箱子大个儿套小个儿的，一堆就是半个电梯间，我时常觉得不好意思，就会经常给阿姨留个字条，跟她说辛苦了。这位阿姨收到字条的每一次，不管我留的是什么，她都会再留一张回我。我想象着那个画面，估计也是跑上跑下，去物业找了纸笔，写完了再送上来。每次看到，心里都觉得感动。

其实，留字条这件事，我不必这样做的。而她，也不必回复我。但我们都选择了用这样的方式向对方表达尊重，也表达感激。

其实你说，这个世界里的善意不就是这样吗？当善意能够得到美好的回应，它才得以不断地延续和传递。

其实，人和人本就陌生，疏远，毫无瓜葛。但如果我们每一个人都不骄不躁，都平静温和，那我们是不是在每一个平凡而普通的日子里，即使疾沙烈雨，也能感到如沐春风般的满心欢喜。

05 ▽

我们拼尽全力，
只为成为一个合格的普通人   ⋮

　　我家小区的院子里有一位收拾居民垃圾的叔叔。我会留意到他是因为，我发现他跟我爸长得很像。身高差不多，头发很短，鬓角有些泛白。

　　他应该不是每天都在，我有时候看到是他，有时候是别人。他的工作就是收拾小区里所有分类垃圾桶里的垃圾，打包，装车，再给每一个垃圾桶换上新的袋子。

　　垃圾轻的时候，就看他远远一丢，熟练的手法，完美的抛物线，袋子落车，他再重复上一套动作。也有觉得他搬得很吃力的时候，每次看到他搬得费劲儿，我都看着心酸又难受。我总觉得那个人仿佛就是我自己的爸爸，上了年纪，却还在努力寻找自己的价值，还在努力赚钱努力生活。

那个人好像在用每一个远去的身影告诉我，人生啊，就是要把苦吃在前面，趁年轻，要多努力才行。

我家门口保安亭里的保安，都是一些二十出头的小伙子。个个皮肤都黑得发亮，一年四季都穿着得体的衣服，看着精神。但你知道那衣服的料子要真穿在身上，其实并不舒服。

他们会跟走进小区的每一个人打招呼，每天重复最多的工作就是帮业主刷卡开门，给快递小哥和外卖小哥们登记放行。他们跟我年龄相仿，我们各自做着不同的工作，服务着不同的人，我们的职业没有高低之分，也没有难易的差别。

我家主卧卫生间的窗户朝西，晚上上卫生间的时候，我透过百叶窗叶片的缝隙，刚好能看到小区门口保安岗亭的位置。晚上的小区很暗，望出去最亮的地方就是门口的那个保安亭。他们不能坐着，不管人进人出，无论天气如何，时间是几点钟，他们都在那里重复着自己的工作。

我常常在那样的深夜，望着迷雾里的微光感慨，大概，每个人都生活在无力和挣扎之中，也都试图在无尽的困苦与欢乐的交织里，找到更多自己人生的意义。原来，我们拼尽全力，或许只是为了成为一个合格的普通人。其实，生活从未饶过谁，而我们也从未轻易饶过生活。真好。

去年因为疫情的关系，我无法去健身房运动，甚至连去操场跑圈都要戴着三层口罩。后来索性直接买了跑步机、椭圆机和动感单车。

这些东西真的是又大又重，我还记得到货的那天，是两位安装师傅一起来的。大概八月份的样子，天气正是最热的时候，两个人光是把这几个大家伙挪出电梯就费了不少劲儿。他们拆纸箱拆泡沫拆钉子拆木板，再把一个一个零件搬进屋里安装。

我就看着他们两个人的汗一直流一直流。我那天自己一个人在家，这几个大家伙摆放的位置需要挪一下客厅的沙发和其他屋子里的柜子。我跟他们说实在不好意思，我确实搬不动，需要他们帮忙挪动一下。我知道其实他们不用管这些，确实是麻烦他们了。他们俩也没有任何不愿意，我说了几遍"不好意思，麻烦了，辛苦了"，他俩就回了几遍"没关系，应该的"。

可是我知道，哪有那么多的应该，他们不过是尊重自己的岗位，也热心地愿意给客人提供其实自己本可以不必付出的劳动。

走的时候我去冰箱里拿了两瓶冰镇饮料，递给他们的时候，两个人怎么都不要，说车上有水，他们不渴。我匆匆忙忙地赶紧放在门口的鞋柜上，帮他们按电梯的时候，跟他们说："你们拿着，我就给你们放在这儿，就是两瓶喝的而已，天气太热了，快拿着吧。"

说完之后我就赶紧快步往屋里走，用最快的速度关上门。那一来一回的样子，像极了小时候过年过节去亲戚家串门的时候，对方让你拿那些土特产走时的情景。

我听门口没声了，轻轻开门看，嗯，鞋柜上空着，他们也走了。

都说人的一生会遇见两千九百二十万人，今天我遇见的这两个人，我们彼此之间的缘分应该也就只有这一次照面，但我想，他们会记得门口鞋柜上放着的那两瓶冰镇饮料，我也一定会记得他们帮我挪开的沙发和摆放稳妥的机器。

　　我们也一定都会在之后各自的生活里遇到难搞的客户和陌生人，但或许今天我们为对方付出的小小善意，能给不悦时的我们找到一点点力量。

　　你觉不觉得，人生里的很多情感，其实都经不起细想。想想多难过，也多神奇。

　　卖煎饼的阿姨，送外卖的小哥，旅游景点窗口的售票员，公交车的司机，蛋糕店的老板娘，维修电路的电工，电话那端的客服……我们跟这些人的缘分就是短暂且无比仓促，"你好"和"再见"之间也许就隔着几十秒或几分钟的距离，而那就是你们此生在彼此的世界里唯一的交集。

06 ▽

我们都要拥有接受
自己自私的坦诚   ⋮

　　我不知道你现在正在经历着怎样的人生，不知道你的心里
是不是有着明确的人生规划和你自己生命的版图。

　　你是不是觉得到了年纪恋爱结婚生孩子，就是唯一正确的
道路？你到现在关于人生里重要事情的选择，是不是最后都由
你自己做主？你想过的到底是别人认为对的人生，还是你自己
真正喜欢的那种？

　　我不想生孩子，这是我在现在的人生阶段里无比明确的决
定。家人当然不希望我这样，但他们不会强迫我做任何选择。
他们不能代替我经历我自己的生活，他们也永远无法帮我承担
后果。当然，在这件事情上，也没有谁可以强迫我。

我以前是喜欢小孩的,走在街上看到可爱的小宝宝,也会跑上去逗他,挪不动脚步,想着,嗯,有一天我也能生出这么个"小东西"就好了。最好,是个女孩,我一定要给她买很多很多漂亮的蓬蓬裙,还有洋娃娃,我要一周七天都将她打扮成不同的样子。

她胖点儿也没关系,那时候的她可能是她一生中唯一不用减肥可以肉乎乎的阶段。她青春期的时候,我不会拦着她早恋,她要是有喜欢的小男孩我会帮着她一起追。她要很喜欢读书,要有自己的爱好,学习成绩不好没关系,但要有所长,有热爱有理想。还有好多好多,这些都是我曾经觉得很美好的事情。

但后来的我,就不这样想了。我曾经看过以色列的一项研究,以色列有一名社会学家,叫奥尔纳·多纳斯。她做了一项关于"后悔成为母亲"的研究。这项研究的文章中,被采访者的叙述对我的影响很大。

里面提到了两个问题:一、如果你能带着现有的知识和经验回到过去,你还会选择做母亲吗?二、你后悔成为母亲吗?

我在那篇文章里看到了一句话:我后悔成为母亲,但我不能说。

你有没有想过，其实这个世界上真的会有很多妈妈，她们并不喜欢自己的孩子，她们仍然要爱护孩子，母亲的身份其实让她们一生都生活在痛苦之中。很多妈妈表示说，生孩子这件事只是在恋爱结婚后的当下，觉得是作为一个女人必须要完成的任务，为了让自己的女性角色完美和家庭完整，她们选择了生育，而在那之后孩子所带来的伴随着母亲一生的巨大的不可暂停和抛弃的责任，是年轻时选择生育的她们不曾想象的。

你有没有想过，成为母亲这件事跟你想成为怎样的人这件事，是否能够并肩而行，是否统一而相融。而在你的人生里，成为自己有多重要？

写这篇文章的时候，我其实内心很胆怯。我的目的不是在说不要生育，生育不好。我也成长在一个特别健康美好的家庭，我也很感激我的父母把我带到这个世界。我的目的是，告诉那些跟我同龄或者比我还年轻的女孩一件事，生孩子，是一个女人一生中最最需要深思熟虑的事情，这比选择职业选择爱人都要重要得多得多。因为其他所有的选择我们都可以放弃重来，但唯独生孩子这件事，没有回头路。

生出来了就不能敷衍，不能草率对待。我们也必须清楚，在我们生长的社会中，在大部分家庭中，在孩子的孕育和抚养中，妈妈就是要承担主要责任。从孩子出生开始，作为妈妈，就要对这个小生命的一辈子几乎负全责。

千万不要在生孩子之前说自己的老公有多爱你，多有责任感，多喜欢孩子，多能帮你分担。**我们面对一个选择，做出一个决定的时候，最该想的不是事情最好的面貌，而是它最坏的结果。那个结果，你是否有勇气有能力承受。**我们都希望自己的家庭和爱人是可以永远忠诚的，但我们不能把对他人和外物的期待当作自己人生的赌注。

我看过一条视频，大致意思是说：爸爸换一次尿布，所有人都会说爸爸好厉害，爸爸真能干；妈妈只要在孩子哭闹的时候没有及时把孩子抱起来，就会变成妈妈不负责任，妈妈没有把孩子照顾好。如果孩子的成长是个在给妈妈不断发糖的过程，妈妈不断地付出，那之中一定会有很多的快乐喜悦满足收获，但也只有我们能做好准备面对过程中的难，才能轻松坦然地接纳。

有人可能会说，不生孩子，自私！你自己来到这个世界这么快乐，你却不肯带一个新的生命来，也不为父母着想为对方着想。错，真正的自私，不是不带一个孩子来，而是你在没有想清楚的情况下，把他带来了，却不能或者不愿给他最好的爱。这才是真正的自私。

我觉得有一件特别有意思的事，**其实我们需要拥有面对自己自私的坦诚**。人爱自己没有错，人最爱自己也只是我们的本能。我们好好度过自己生命里的时间，是对我们自己、我们的父母，对世间的一草一木最大的尊重。

我想过"更重视自我感受"的人生，我想先爱自己而后爱人，这件事并不可耻，也不必羞于谈起。

我见过太多父母，自己还没活明白，就选择生孩子。自己都还没有培养起稳固的三观，就要开始面临一个孩子的成长和教育。不要谈自己可以和孩子共同成长，父母的责任就是引领孩子成长，这才是真正的负责。

很多女孩以为爱一个男人，就要给他生孩子，却不懂得好好经营爱情经营婚姻，等到对方有一天离开，才开始后悔当初就不该要那个孩子，而一无所知的孩子却要背负这中间的情绪。很多女孩自己的生活本就一地鸡毛，却因为到了年纪双方家庭催促，所以不得不赶紧生一个孩子，然后带着孩子一起一地鸡毛地生活。

我身边有一些妈妈，生了孩子，找了保姆，交给家里的老人带。孩子跟妈妈相处的时间就是妈妈忙完工作出差回来的空隙。孩子的童年里严重缺少妈妈的爱和妈妈的陪伴。我朋友圈里有一位妈妈，孩子在她出差离开家之前写了一张字条，孩子年纪小，好多字不会写，就用拼音代替，大意是说：妈妈，工作辛苦了，希望你出差顺利，开开心心的。你要是忙完了，能早点儿回来陪我吗？你陪我的时间太少了，我想跟你在一起。

把孩子长时间丢给姥姥姥爷、爷爷奶奶，丢给月嫂阿姨，这不是最大的自私吗？孩子在缺失陪伴和沟通的环境中长大才是对孩子最大的不公平，不是吗？

人到了不同的阶段，想法也一定在不断变化。但我不想去做为了以后好，而当下其实我并不情愿的选择。就像现在身边的人劝我生孩子，都会提到的一个理由就是，老了我可以不用孤独终老，我可以子孙满堂。

我们不能因为年龄到了而结婚，不能因为怕别人说闲话而生孩子，不能因为担心过了最佳生育年龄就赶紧要赶紧生，而不管自己内心到底想不想。生孩子，不是任务，没有人能要求我们必须完成。

女性必须自己做好万全的心理和精神准备，产前产后的精神状态，跟另一半的夫妻关系，双方的家庭结构和经济状况，孩子的成长环境和教育结构，等等，这些事情都必须要在决定要孩子之前就想得清清楚楚。

你要知道，没有孩子的人生，你可以肆意去做你想做的事情，去成为你想成为的人。我们不说极个别的情况，但大多数女性在成为妈妈之后，就是要限制自己的成长，只能为了孩子。我不想过循规蹈矩的人生，我不想为了以后不后悔而去做当下就会后悔的选择。

当然这里面还有一个很重要的因素就是，如果幸运的话，你最好遇到一个支持你这种想法的人。刚好，我的另一半也是本来就在要孩子这件事情上并不积极的人。他的态度一直都是，如果我想生，就生，因为他不想剥夺我作为一名女性该有的做母亲的权利。

但如果我也不想生，我们就一直过我们两个人自由的日子。我很庆幸，我遇到的这个人并没有用自己的想法绑架我，也从未试图改变我。

我们不断在寻找的，可能就是能跟我们步调一致并肩而行的人吧。

07 ▽

陪你最久的那个人，
其实是你自己　　　　　　　　　　　⋮

快乐，就是太多和太少之间的部分。

长大以后的我们，仿佛在一夜之间无师自通了一个叫作"照顾他人情绪"的本领。我们懂得怎样讨领导欢心，怎样让父母放心，怎样让伴侣安心，却偏偏不知道怎样让自己开心。

为了找到那个叫作"开心"的东西，我们试过用"钱"来填补孤独，试过用"讨好"来交换亲密，却在突然之间发现，那个叫作"我"的孩子，已经被丢在了好远的地方。

我们的一生中，会遇到很多人，会产生很多交集、纠缠、苦乐，但你要明白，在所有的相处中，陪你最久的那个人，其实是你自己。

以前我觉得这样太自私，现在慢慢意识到，自己才是会在一生中陪伴自己时间最久的人。如果我连自己的情绪都照顾不好，那何谈对他人拥有同理心。

你最应该做的，是闭上眼睛、关上耳朵，把全世界的眼光和议论都抛开，问问你自己："我想怎样活？"

我是一个对自己世界里的规则很清晰的人，我总是告诉自己，要严格遵守自我世界里的规则，而不是社会给我的定义、判断、束缚。

我们已经花了够多的时间去讨别人的喜欢，可是，你讨自己的喜欢了吗？

后来，我们开始学会藏起悲伤。

也开始试着，独自消化沮丧。

愿你是真的快乐。

愿你始终拥有表里如一的快乐。

大人是不会哭的，除非有人摸了摸他的头。

今天是很难过的一天，上海一直在下雨，我把窗帘拉上，外面吧嗒吧嗒的声音还是让我没办法安静下来。

前几天特别偶然的机会，看了个中医，医生跟我说，我身体的某个部位不太好，让我要注意一点儿，定期去医院做检查。我问她原因，她说可能因为经常生气，所以都堵在那里。

我想想自己虽然现在大多数时候情绪都很稳定，也不太会发脾气，但确实有自己一个人生闷气钻牛角尖的时候。尽管开心快乐占了绝大多数，但还是有些时候自己憋着难过的事情不说。

我身边好多朋友，工作得特别拼命：熬夜，早起，连轴转。也知道一些公司以加班为傲，好像每天凌晨才回家，就代表这些年轻人都在努力奋斗，青春才没有被浪费，人生才有价值。

前段时间看《奇葩说》有一期话题在讨论年轻人加班，看得我好无奈，我无法认同企业老板把员工就应该加班卖命讲得义正词严、理所当然。

我知道实现人生价值和成就感很重要，我也知道努力赚钱很重要，我也在努力这样做。可是如果自己不快乐，生活得疲惫不堪，那我们的努力还有什么意义呢？

我在开公司之前就告诉自己，我自己不想被对待的方式，我也一定不会强加给我公司的伙伴。我从来不鼓励我们公司的小伙伴加班。不加班的员工就没前途吗，就没努力吗？不鼓励加班的公司就说明没事可忙，没大项目做吗？任何工作都需要感受和创作灵感，而所有的灵感都来源于我们能够有时间好好生活。

我前段时间跟我妈生气，我念叨了好几年，过年的时候要带他们去澳洲旅游。我家在东北，父母怕冷，不喜欢过冬天，我就一直说着最冷的时候带他们出去过夏天。每一年他们都用工作忙、生意忙的借口拒绝我，今年也是一样。我不知道我还能说什么。我太害怕，有一天我来不及陪他们做什么了，我也太害怕他们哪一天不能陪我做什么了。

有些人，你根本不知道你跟他上一次的见面竟然就是最后一次了。我们在生命面前太无能为力了。其实，你已经和很多

人见完了此生的最后一面。

别把自己逼得太紧，

我们得大口呼吸这个世界上的空气。

我们得"生活"在我们的生活里。

希望大家都能好好的。

希望这个世界上的快乐永远多过悲伤。

希望他们用离开真的教会了我们要好好珍惜。

多表达爱吧，也多用力守护爱。

人生美好，我们得好好享受。

08 ▽

生活是无数个挣扎
然后解脱的时刻

⋮

其实，人生本身就是一个大的选择题。每个人，每天，每时，每分都在做选择。

早餐是牛奶面包还是豆浆油条？工作是趁着年轻殊死一搏，还是即使苦闷也逼自己朝九晚五？爱情是心动说了算，还是房子车子和余额说了算？

我们好像总在埋怨是生活里四面八方的压力，逼走了我们义无反顾去爱的勇气。

我们也总是相信处处留后路，才是人生里最稳妥的选择。

当爱与金钱成为单选，我们总说，人心易变，还是余额更令人心安。

可是，你去问过那些选择金钱的人吗？

他们人生里最大的遗憾，

到底是放弃爱，还是失去钱？

你又是否见过那些战胜了金钱的爱情？

他们眼里藏不住的笑容，

才是他们人生里真正的千金不换。

好的爱情是，越是困难的时候，越要握紧爱人的手。

只有这样，当下一次爱与金钱狭路相逢的时候，爱才能赢，

才能战胜所有。

但好的爱，当然也一定需要物质基础做支撑。

希望我们在理想与现实间找到人生的平衡。

希望我们的爱情长久而美好，单纯而热烈。

最近发微博的时候，评论区最上面总会有一行小字提醒我
"你30天内已评论拉黑多于10名用户，请谨慎使用此功能"。
这个月我在微博里拉黑了十几个人，每个人都用极其没有分寸
的措辞发表着评论，用词猖狂又无理。

这功能真好，让某些人知道自己在被谁讨厌着。然而，应该谨慎的从来都不是拉黑的人，而是发评论的人。

做人真难，要时刻保持清醒冷静，要真实地表达，既要不做作、不虚伪，又要举止端庄优雅、落落大方。

大多数人都在网络里被惯坏了，习惯断章取义，也总听风是雨。我们的生活在不断地教会我们一件事，就是闭嘴。不确定的话别说，不确定的事情听听就算了，不必当真。

我们在过的是自己的人生，甚至很多时候我们连自己是谁都看不清，我们连自己的内在人格都找不到，我们自己的日子都过得乱七八糟一塌糊涂，我们怎么就以为自己能了解甚至理解别人的经历和生活？不随意评判他人，不对他人的人生指指点点，是我们对别人最基本的尊重和善意，不是吗？

这个世界原本给我们的善意其实并不多，剩下的善意都要靠人跟人之间去制造和传递。只是遗憾，并不是所有人都生来心怀善念。更可惜的是，他们的父母家人、师长朋友也都没能把他们影响和教育成那样的人。

我们不能当口出狂言者的帮凶，我们要在这个混沌无知的现实里干干净净地活着。

我们的眼睛是用来捕捉这个世界上美好的事物的，我们的嘴巴是用来表达赞美和祝愿的。

"天真的眼睛到处看到朋友，阴沉的眼睛到处看到敌人；恐惧的眼睛到处看到陷阱，贪鄙的眼睛到处看到黄金；忧愁的眼睛到处看到凄凉，欢笑的眼睛到处看到光明。"

以上这段话，你我共勉。希望我们的内心满是光明。

THE

DAY

CHAPTER

5

I

LOST

YOU

晨昏朝暮间，
是我们的心事满满，
也是我们的相谈甚欢

我 失 去 你 的 那 一 天

后来，

我们闭口不提的除了生活里的难，

还多了想要庆祝的狂欢。

———————————

　　年纪还轻的时候，我们总觉得能找到在深夜里诉苦痛哭的对象，最难。

　　现在，当我经历了些人生里的起伏沉沦，才慢慢发现，真正少见的不是能陪你哭、听你委屈的人。真正少见的，是能在你风光的时候，想要分享喜悦庆祝胜利的时候，依然能在你身边替你真心高兴，能够真心祝你越来越好的人。

　　太多人，见不得听不得别人的好，甚至觉得别人得到的一切都是因为这个人有手段，很高明。

　　太多人，永远只喜欢在背后乱嚼舌根，在根本不了解情况的时候就对他人妄加判断，却鲜少从他嘴里听到对别人的羡慕和真心的赞美与夸奖。

　　我总觉得，这样的人，生活得很累。

　　私以为，认同、艳羡、赞许，是难得而美好的能力。

　　内心光明的人，才能在岁月无常的阴霾里，被奖赏更多的阳光普照。

后来，我终于开始明白，

其实我最该花时间相处的，

不是别人，而是我自己。

我真的失去你了，对吗？

愿我们山水相逢之后，还能再有来生。

以后的路，你别回头，我也好好走。

如果坚持比放手更辛苦，那就放手吧。

让我们好好生活，各自奔向新的山河。

我们不会永远孤独，

但前提是，

我们终于不再执迷不悟。

我有一个特别不好的习惯，

明知道食物过期了，也舍不得扔掉。

我总觉得我会吃，我总怕浪费，舍不得。

但最后，我只等来了食物发出酸臭恶心的味道，

却从未有一次吃掉过它们。

其实，不合适的人就该趁早分开。

已经走远的人，你再怀念，也必须好好告别。

在岁月里穿行的人，
谁不是带着隐忍负重而来。

听了太多故事，发现痛苦大多来自"非要搞清楚"。
而有意思的是，最难的往往又不是真相本身，
而是筋疲力尽寻找真相的过程。

然后，到最后你发现，
其实，真相根本不重要。
很多事情真的不必追问。

凡事都要一清二楚，
最后痛苦的一定是自己。

两个人若要长久地走下去，
真的要经历很多有形无形的考验。

对对方要求越少的人，爱得越轻松。

要记得，最初我们不过只是希望在人群中找到人生的同行者。
只是后来变得贪心，变得想得到更多。

要知道，光是找到能跟你一直同行、步调一致的人，就已经
足够艰难了。
而相处中的很多问题，其实本不是问题，不过是"自找麻烦"。

爱不是绑缚，更不该是累赘。
对自己的要求多一点儿，
才能让对方一直抱有对你的欣赏。

更重要的是，让你一直喜欢自己，
对对方不必刻意要求或者争取什么。

凡事好好沟通好好说话，
聊不来了的那天，去留都在你手中。

我觉得有一个特别重要的词，叫坦然。

这是我快速进步的几年间，长在我身上最重要的东西。

坦然地面对自己的精神和内心，坦然地接受突然的失去和没被兑现的承诺。

坦然地看待取得的成绩和获得的惊喜，坦然地接纳旁人的评判和目光。

也坦然地怀着悲观的心，乐观地生活着。

因为对任何可能发生的事情都在心里留有准备，所以也就无惧，也就从容。

谁会没有困顿的时候呢？所以如果觉得很沮丧的话，就想想，其实大家都一样。

如果你的人生尚未迎来最好的时候，那也请你对未来的一切都充满期待。

努力生长吧，愿美好常在。

希望你也拥有更多面对世俗和自我的坦然。

细想过去，我最多的焦虑大都来自别人的目光。

而现在，我最大的快乐来自自我肯定。

小时候，最想成为"人见人爱"的那种女孩。

现在，我只想成为能被我喜欢的人一直喜欢的那种女孩。

"让很多人喜欢"这件事太难了，

你只需要让你喜欢的人一直足够喜欢你就好，

而这难道不是比"人见人爱"更困难的事情吗？

难的从来不是那些摸爬滚打浑身是伤的日子，
难的是你只看到了这样的日子。

前段时间，我在公众号里向大家征集各自生活里那些温暖的小事，收到了几千条私信和留言。

看完之后很感慨，其实没有谁的生活比较容易，也没有谁的日子会一直晦暗没有希望。

只是那些善于发现美好的人，我总是更能在字里行间感受到他们对生活的期待和热情。

有时候，快乐的事情不必一起经历，单是看着那些文字，你就会跟他们一起笑出声来。

上周有一天，我熬了个通宵剪视频，结果早上六点才发现全白剪了，要从头开始。我发了个朋友圈说，虽然很抓狂，但我很快就被一杯热豆浆治愈了，觉得其实也没什么大不了的。

有朋友评论说我好养活，一杯豆浆就能满血复活。我以前其实不是这样的人，我很丧，钻牛角尖这种事我是第一名。后来慢慢就变了，我变得很会管理自己的情绪，也很容易找到让自己快乐的方法。

因为很知足，也很容易被真实发生在细碎生活里的小事感动。

今年冬天特别冷，我从以前露脚踝光腿都不怕，到现在穿起了保暖加绒的秋衣秋裤。
身体暖和心里暖是两回事，但希望我们都是能将它们拥有的人。

哭得越大声的人，

到最后，都成了最爱自己的人。

被爱是奢侈的幸福，
但被爱的人总是很晚才懂。

爱是在不厌其烦里发生的，
然后在失去耐心里结束。

抱着总有一天会失去的心态去爱吧，
很多人不好好爱就是因为自以为对方不会离开。

生活是与所爱之人并肩而行。

你要相信，天一定会亮，
而你，绝对不能倒在天亮前的最后一秒。
生活会越来越好的，你也一样。

在一段关系里感受不到"被需要"，
才是最可怕的暴力。

———————————————————

"我需要你"而你却让我感到自己"可有可无"的关系，
是比"我从未拥有过你"还要巨大的孤独。

所以，感谢每一种关系里常常给我"添麻烦"的人。
谢谢你总是想起我，在你需要我的时候。

不要依照自己性格里的惯性做决定，
那样的决定大多不是正确的选择。

不要急于逞口舌之快，
不经谨慎思考、没有技术含量的话在冲动的时候说出口，
对自己、对对方、对事情的解决都起不到任何积极影响。

不急于辩驳，不急于解释。
不急于争夺眼下输赢的人，
往往能赢得更多的主动权。

沉得住气是个宝贵的品质，
好在我们早晚会在吃过一些亏之后懂得。

不受他人想法的干扰，
自信并坚持自己对关系和事物的判断。
我希望自己一直做这样的人。

成熟有时或许就是克制想要分享开心的欲望吧。
因为你知道，会为你的开心而开心的人少之又少。

委婉拒绝对方这件事很不负责任，

没有人能百分之百读懂你的难以启齿。

成年人的世界里，

不管我们处在跟谁的关系中，

有话直说都是最好的方式，

也是最不伤害彼此的方式，

也是最无后患的方式。

不要在感情开始之前就给两个人的关系设置各种障碍，

不要想他要是拒绝我、不喜欢我怎么办。

坦荡一点，大家能做朋友就做朋友，

不能做朋友就不做朋友。

每一种我们对待生活的方式，

都是未来生活会把我们变成的样子。

以前觉得"热爱生活"这种词组只有写诗写散文的时候才会用到。

现在我真正理解了这个词组的含义，热爱生活这件事，比热爱自己在做的工作、热爱旅行、热爱学习，重要得多。

吃热乎的饭菜，自己下厨，而不是点外卖。

养新鲜的花，了解它们，剪枝换水，而不是一把干花摆一整年。

削干净水果的皮，搭配颜色，切开摆盘，而不是随手拿来啃。

给家里的每一样东西都再安一个小家，然后总是在第一时间找到它们。而不是东翻西找，那样它们会伤心。

冰箱里的瓜果蔬菜、零食饮料好好分类，用心摆放。

它们在尽心尽力地满足我们的胃，我们也要让它们整整齐齐有自己的位置。

　　好好听音乐，用音箱，让它们跟空气里的湿度掺和在一起舞蹈。

　　音箱的好坏不重要，仪式感最重要。

　　床单要常常换新的，每个季节就该有每个季节的颜色。

　　它们干燥舒爽地裹住自己，即使在做噩梦的时候也有最踏实的依靠。

香薰，红酒，浴缸里的泡泡；

书籍，电影，好看的挂画；

台灯，水杯，吃饭的碗筷；

拖鞋，抹布，浴室的挂钩。

每一种我们对待生活的方式，都是未来生活会把我们变成的样子。

精致与否跟钱的多少无关，跟有没有时间无关，而与我们对生活的心态有关。

最近发现，我支付宝账单里最大的花销是家居生活。我喜欢买很多新的东西，我喜欢我的生活里总有好多有意思的新鲜感，所以我经常同样的东西买不同的颜色和味道。比如一个香薰瓶子，我能买三种香味。有朋友总是吐槽我，说我不该这样，但我就是无比享受。也许以后我会改，但不是现在。

　　我喜欢我在用心装点生活的感觉。生活才不是活给别人看的，每个人都有不同的方式，只要那是你喜欢的、满意的、能够取悦自己的，那就是好的方式。

　　最近忽然意识到，好多我以前不会做的事，现在都会了。以前觉得自己打死也不会学的东西，现在也都明白了。而这一切，都是热爱生活本身让我发生的转变。

　　所以，我很喜欢现在的自己，并且希望自己做得更好。

爱情里保持新鲜感的方式是什么?

不是重新找一个人去做你曾经和另一个人做过的事情,
而是和现在陪在你身边的这个人去做更多不同的事情。

对一件事情三分钟热度,
归根结底其实就是方向错了,
于是没有动力继续,
没有信念坚持。

我们在感情里很容易被别人设定的框框所禁锢，
不要管别人的恋爱模式是什么，
自己的感情需要用你自己的方式经营。

两个人一定要培养共同的爱好，
并且尊重两个人之间的差异。
我们要有共同的园地，
也要允许并欣喜对方园地的存在。

任何人对待你的方式，
其实都是你教的。

两个人在一起的时候，
要建立起两个人在一起相处的那个世界里面的规则，
这很重要。

如何跟过去的他告别?

这个问题的关键和本质,
不在于怎么跟他告别,
而是怎么跟当时处在那段关系里的你自己告别。

如果你能跟那段关系里的你自己和平、友好、舒适地告别,
那又何谈你跟他的告别。

我们身处的环境足够影响我们成为一个怎样的人,
我们的交际圈也在潜移默化中让我们变成某类人。
任何好的关系、好的爱情,其实都是可以滋养一个人的。

单身的人,不能害怕交际。
因为过去在爱情里受过伤,
就惧怕开始一段新的感情。
没有勇气重新开始的人,
就没有资格拥有美好的感情。

我们只有相信一件事情会发生,
那件事情才真的有可能会发生。

过去的爱应该是永远有余温的，

能够慰藉自己的东西，

它不能让现在的我们变得沮丧，

也不能让未来的我们对爱失望。

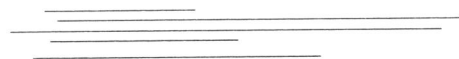

所以或许，承认然后接受自己的平凡，

才是我们这一生中，最需要勇气的事情。

有人在光里想躲起来，

有人在阴暗里拼命找。

相信美好会发生的人，

才有可能得到美好。

当你把一个人当作全世界，

你有没有想过，

或许你并不是他的全世界？

———————————————

女人这一生，其实只有三个字：靠自己。

你靠谁都没有用，只有自己最可靠。

永远不要把自己人生的希望完全寄托在另一个人身上。

一个女人的精神独立、经济独立、人格独立，

才是她最大的武器和她最了不起的光芒。

婚姻应该成为爱情最美好的归处，而不是爱死去的地方。

我们只有在这个现实的社会中找到自己人生的价值和意义，

才不会害怕那些生命中突如其来的崩塌。

原来，当你不再是你自己，
爱情也会变得格外脆弱。

婚姻不是我们人生的保护所，婚姻也不是一劳永逸的幸福直通车。能为一段感情保驾护航的永远不是另一半告诉你的他永远不变的真心，而是你自己始终保持独立的精神。

我们的人生，只有靠自己，才能真正赢得另一半的尊重；只有靠自己，才有可能扭转那些忽然降临的意外，并且坦然地面对和接受；也只有靠自己，我们才能真的获得踏实而长久的幸福。

希望现实生活中的你我，都能成为爱情里贴心温暖的"小女人"和自己世界里坚强勇敢、无所畏惧的"大女人"。

我是一个特别黑白分明的人。

从小我妈就跟我说我这样的性格会吃亏，不圆滑，不可取。

前段时间跟我妈视频，忘记在探讨什么问题，我就跟她说，我很庆幸在她的这一点教育上，我没有变成她想让我变成的样子。我很庆幸我是一个会被一些人不喜欢的人，也是一个绝不附和跟讨好我不喜欢之人的人。

如果我以后有孩子，我希望把他教育成一个界限分明的人。我希望他有棱角，有自己坚硬的刺，我不希望他被打磨成一个敢怒不敢言的傻子。我们内心的柔软应该留给值得柔软的一切，而我很幸运，我常常柔软。

希望我们的灵魂里，

永远是一片净土。

　　好朋友有一天特别认真地跟我说："蕊希，你一定要一直像现在这样善良啊，你不能变啊！"我问她怎么了，她就跟我念叨了几件关于"人心变质"的事情。

　　我在想，可能是每个人对于"善"的标准不一样，像我和我的这个朋友，我们心里的那条线比较高，但也许另外一些人并没有给自己设置那么高的标准，所以我们能做的就是，尽量找到那些跟自己拥有差不多标准线的人，然后永远不要自降标准。

能在金钱诱惑面前仍然保持清醒的人，
值得拥有更多问心无愧的财富。

———————————————————

清醒的不清醒的人我都遇到过，不清醒的人拿了不该拿的，他以为他赚了，其实他失去了更多；清醒的人，看上去好像损失了，但后来他得到了远超现有的。可惜，不清醒的人还自以为那就是他了不起的聪明。

每次我丢了什么东西，或者遇到了什么磕磕绊绊的事情，我就会马上反思我那段时间里的所作所为：我是不是对谁态度不友好，我是不是在什么问题上处理得草率，我是不是在某些事情上偷懒，等等。

我总觉得，所有我曾犯过的错误，如果当时我没受到惩罚，之后也一定会受到惩罚的，也许形式不一样，但我是躲不过的。所以我也在用这样的方式时常提醒自己，永远不要心存侥幸，要坚持做一个经得起推敲的人。

而且，说真的，做一个美好的人，才是这个世界上最美好的事情，没有任何东西能美好过你在你自己身上所能感受到的幸福。

人总是会做一些搬石头砸自己脚的事情。

贪心地想要得到更多，
可是得到了些本来不属于你的东西的结果就是，
会在失去的时候，连同原本就属于你的那些一起失去。

我是个心特别软的人，
说几句自己的苦衷，
我就好像能原谅所有的过错。
我不知道这样好不好，
只是我不想再做这样的人了。

人和人之间的相处，得有分寸，
得知道自己的身份。
无论在什么样的关系中，
亲近而不越界，客观而不冷血，
要懂得进退，而且知道成全。

如果我对任何人都表现得友善，
则友善无意义。

当我站在你面前，

我就很确定地知道，

这就是我存在的意义。

———————————————

哪有谁不是从黑暗里走来。

最后，他去找了那个姑娘。

最后，那是他一天中，最棒的十秒。

选择的对错，

没有人能衡量。

我对自己的要求是，

问心无愧，最重要。

是谁让你黯然失色？

我突然发现，
味道和颜色，温度和触感，
也可以用听的。
它们的沮丧和快乐，
我都渐渐能懂。

雨能安抚尘土，糖让咖啡不苦。
抹了黄油的面包层次开始丰富。

所以，是谁让你黯然失色？
谁又让你不必再在生活里跌宕沉浮？
我跟自己打赌，
赌注不大，不过是能不能幸福。

人总要努力在疲惫中找到好多好多的乐趣。

想刚出锅的面线和一戳就破的蛋包，
想不甜的珍珠奶茶和有很多颗红豆的蛋糕，
想泡脚桶里的中药味道，
想洗澡泡泡里的无花果香，
想窝在家里一天不用出门，手机关机，不被谁打扰。

想一天看四部电影，想凌晨三点睡觉。
想面前摆着五种以上的水果，
即使吃了一堆体重也没长几两。
想念疲惫时的怀抱和晚上被掖住的被角，
想念被爱着的一切时刻和梦里都能笑出声来的，
因为幸福而拥有的骄傲。

紧张感是驾轻就熟的生活里难得的情绪，
像给钟上弦，以防跑偏。

周末看谭咏麟演唱会。

我前面的位置，一个中年男人带着自己的老母亲，他搂着她合照，时不时地拍视频帮她记录。我看着他们，觉得真美好。我身边有些男性朋友，是会跟妈妈手拉手、会跟妈妈拥抱的那种。我相信这样的男人也一定懂得爱老婆、爱孩子。

我们总说，要在自己有能力了以后带父母去更大的世界里看看，可是我们不能真的等到自己足够有钱又有时间才带他们去那个所谓更大的世界。有多少能力就尽多少孝，这才是我们应该做的。更大的世界不一定真的是"周游世界"的"世界"，更大的世界是，我们愿意带他们走进并参与我们的世界，那才是他们最想去到的地方。

我身边有几个朋友好爱吃醋，他们总问我："蕊希你说！我是不是你最好的朋友?！"他们特别爱拿自己和我身边其他的朋友比较，他们都对我很好，他们也很喜欢我的那些朋友，但他们还是跟我闹脾气、吃醋。他们好可爱好可爱，我好幸福好幸福。

朋友。

我有一群几乎每天都要见面的朋友，

也有很多鲜少碰面、不必刻意维系关系的朋友，

他们给了我好多我在别处得不到的快乐。

我们都仁义善良，

我们都是非分明，有原则也有目标，

我们能一路做着正确的选择，

也因为我们是彼此重要的同行者。

"不在一起的日子"最大的意义是用来提醒我们，

"能在一起真好"，所以能在一起的日子里，

一定要好好记得，分开时的感受。

我曾经以为我们的关系……

我曾经以为我们的关系，
就像我价格不菲的外套上的扣子，
我以为它永远不会松，更没有掉落的可能。
直到有一天，当我突然发现它不见了，
我竟无论如何都记不起，
它和我的外套，走失的地方。

我们都曾在生活的缝隙里打滚。
有的人在艰难里找到了星河，
有的人则从此落入无尽的暗色里。

如果我们从一开始就知道，
这世上本来就没有绝对的忠诚，
是不是我们就可以活得更加坚定或者快乐？

偶尔也会感到疲惫，
疲惫于人的感情为什么总是仓促而短命，
疲惫于我们总是惧怕失去，
却始终不懂在失去前究竟应该怎样去珍惜。

我始终成不了我自己的酷女孩。

前几天晚上去朋友家看刚出生的小猫，它们并不知道，自己一出生就已经拥有了治愈人类的力量。

头发剪掉了五六厘米，清爽得要命。在考虑要不要剪得更短，可顾虑总是很多，所以一直都好欣赏那些剪短发时不假思索的姑娘，她们有勇气有胆量。

就今天，我们公司一个很好看的姑娘，剃了个光头，在朋友圈里发了张光头的照片说："没生病，没失恋，也不是 PS，我就是单纯不想洗头。"我发微信问她是不是真的，她直接给我发来视频，笑得特别开心，告诉我这种感觉太爽了，说她从理发店出来的时候忍不住跳起来了。

我太佩服这姑娘了，不在意别人怎么看怎么想，只是大胆地去做自己想做的事情。转念想想自己，要不要把头发剪得更短一点儿。两分钟后，我在新一轮的纠结中放弃了这个念头。

我始终成不了我自己的酷女孩。

希望你总是笑得很甜。

希望你即使深陷生活的泥沼，也乐观坚强。

其实，不生孩子不是自私。

生了不能好好爱他，才是自私。

———————————

你会因为父母家人的催促而生孩子吗？

如果男方家着急抱孙子但你们并不想，你会怎么办？

你是真的喜欢孩子还是觉得年纪到了应该生孩子？

不生孩子有错吗？

成年人的世界里总是有很多规则，

各种各样的声音每天都在教育我们成为该成为的人。

要怎样，必须怎样，不得不怎样，

为了怕将来后悔所以才怎样……

幸福的，遗憾的，我在身边都看到过。

人生中没有绝对正确的选择，

但一旦选了，我们就必须为选择负责。

跟自己相处。

我时常在触碰手机屏幕的时候看到 11:11 的数字。
每次看到它们，我都觉得自己好孤独。

我总是安慰别人：
怕什么孤独，那是最美好的时间，让你跟自己相处。

可是，就像没了气儿的可口可乐，
就像忘记撒上盐巴的薯条，
就像被剩在纸筒里黏成一坨的爆米花球，
就像没有被你躺过的有褶皱的枕头，
就像你已经一个月都没换过电池的闹钟，
就像那口生了锈的铁锅，那层炉灶上的尘土。
如果它们都不是它们了，那谈何相处。

突然觉得会在你发的朋友圈里跟你互动的人，
都是你身边很温暖的存在。
无论那个当下你是快乐还是苦闷，
其实你心底里都需要有人能够回应你。

嗯，谢谢那些人。

其实，我们也不知道我们到底

能陪彼此走到人生的哪一步，

但是，如果只能陪你走一程，

也希望我们山水相逢之后，

还能再有来生。

___

从这个月开始写日记了，

在纸上写，像小时候那样。

现在没人强迫我，我却写得很开心，

觉得在做一件很酷的事情。

期待自己写完一整本，把纸折得旧旧的，

纸旧了，但文字却总是新的。

我开始不太生气了，

我不能拿别人的错误惩罚自己，

我的细胞，不该用来烦恼。

我没有办法跟一个不会自我反省的人沟通，

不接受自己的瑕疵，看不到自己的过失。

爱真的可以让人拥有更完整的力量。

飞机每晃一下，我的心脏似乎就停跳一拍。
尽管我知道它其实是世界上最安全的交通工具，
尽管我知道我必须靠自己克服恐惧，
但我还是很讨厌经常要一个人飞来飞去。

所以，每一次他陪在我身边跟我一起飞的时候，
我都觉得自己是整架飞机上最不惧怕天空的人。

就像今晚，起飞大概五分钟，
飞机突然很用力地抖了几下，
我没有去抓扶手，也没有像平常一样拉紧安全带，
我的手轻轻一抬，就摸到了他的手。
他用大拇指在我的手背上滑了几下，
我脑袋一歪，戴上耳机，准备睡觉，心跳正常。

原来，这就是我们在爱里渴望着的柔情和依靠。
原来，我怕的从来不是发生什么意外，
而是发生意外的时候，你却不在我身边。

我不需要两米的大床，
我不需要手脚伸展地睡着。

我需要的是有人在夜里跟我抢被子，
然后第二天醒来的时候却跟我说，
昨晚我抢他被子，他冻醒了好多次。

如果，爱真的可以让人拥有更完整的力量，
那希望在我们得到那力量之前，
先把自己的那部分交付给对方。

下飞机了。
离开了十天，北京变凉了。
但好幸运，我是那个即使穿着短袖也不会觉得冷的姑娘。

我一点儿都不喜欢分别，
那种感觉讨厌极了。

好像不知道什么时候才能再见，好像我把你从汹涌的人潮里拉到我身边，又把你还了回去。

以前我很在意别人的言语和目光，现在不了。别人让你走的路是他们觉得对的路，可是他们认为的对是建立在他们的世界观里的。你之所以跟他们活得不一样，是因为，你没走他们觉得应该走的路。

人的谦卑和人的盲从是两回事。能在他人的言语和审判里依旧清醒地知道自己是谁，自己要去往哪里的人，才有可能过上自己理想中的人生。

读书读到一句话："别人怎么对你都是你教的。"以前就有人跟我说过类似的话，最开始我不以为然，现在却深谙其中的道理。

他被你"教育"成了那样与你相处的人，那你除了责怪、除了无奈，也该反省反省自己。

人能始终坚持自己对周围人和事的认知和判断，
真的不是件容易的事情，
希望我们都能成为这样的人。

有些人太自我，
有些人没自我，
我也不知道真正活明白了的人，
是什么样的。

我喜欢现在的自己，
尽管我也对自己有种种的不满，
但这并不妨碍我觉得自己是个很棒的人。

现在总是能很快地完成自我调节，
生活有些糟糕的时候，
也明白了要自己哄自己，
哄自己比哄别人容易多了。
所以，我们要很开心才对。

一个人的生活重心是什么，
他未来的人生就是什么。

我是个念旧的人。

我会一直喜欢我喜欢的，
像我喜欢在纸上写字，用钢笔，用墨水。
像我总会把看到的、听到的、感受到的记在备忘录里，
生怕下一秒我就会不小心把它们丢掉。
像我想要发好多个九宫格的片单，
好看的不好看的我也总能有所获得。
像我在整理看过的所有话剧和音乐剧，
后悔当时只留了票根没有记录。
像我喜欢切了瓤的吐司，
像我每天必须要吃三种以上的水果，
像我每年都出一本书想要集齐赤橙黄绿青蓝紫，
像我一种面膜可以用两年。

我觉得不会有什么比它更适合我，
像夹心的食物我永远只爱巧克力口味，
像坐飞机的时候我喜欢坐在窗边，
然后一定会要两条毛毯，吃两片现烤的蒜香面包，
像我一款衣服可以买三件不同的配色，

像我在健身房只会去同一个位置踩同一台椭圆机，
像我不喜欢别人动了我的东西之后没有放回原处，正面没有
正对前方，
像我喜欢自己的声音，每次听都觉得，
啊，真的好有磁性！

没有逻辑地说了这么多，
可是，最像什么呢？
像我喜欢你，
一喜欢，就再也停不下来了。

爱是一个人对另一个人最大的奉献，
而那种愿意为了对方倾尽所有的付出，
这一生，都未必有几次。

已经从我们的生活里离开或者远去了的人，

就该把他们留在遥远的位置上，

难道不是吗？

其实我并不怕自己对自己感到失望，因为我知道那样的不满很短。我怕的是，让别人失望。那些在乎你的人，嘴上说着没关系，却把更大的失落留在了不想让你知道的深夜里，而你，竟无能为力。

我常常因为一些事情而焦虑或者担忧，可后来我才发现，其实我所担心的事情几乎百分之九十五都没有发生。真正能让人恐惧的或许永远都不是境遇，而是我们内心对于未知的臆想。现实是不会把人吞噬的，是我们自己吞噬了自己。

我们总是在寻找光亮，很幸运，我找到了很多，也很开心，我也正成为别人生命里的光亮。

故事听多了，就时常感慨。我无比讨厌谎言，任何有出发点和目的的谎言，我都不会欣然接受。如果一个人的谎言和隐瞒曾经得逞过，那就会不断地增加然后循环，等待着的只会是不好的结果，绝对没有其他可能。在我的世界里，坦诚可以化解很多东西，但欺骗和遮掩会给一段关系最致命且不可逆的伤害。

希望，我的开心永远轻而易举。

希望，我能成为自己最好的归宿和寄托。

昨晚坐了六小时的飞机，把手机相册从头到尾看了两遍。飞在天上的时候总是很适合想念，不是想念别的谁，是想念自己。我是一个生活在很美好的当下的人，但当我回看旧日子，我还是会好羡慕过去年月里的那个自己。

原来，我一直都拥有着那么多快乐的经历，它们全都值得被后来的我纪念。那些经历让我变得可靠，变得有性格，也变得包容和知道满足，变得不轻易被什么欺负，变得坚硬，也变得软糯糯。

回忆太美好了，它和当下一样美好。你看，"当下"在这一秒也跟着变成了"回忆"，它们通通去往了我们生命中最珍贵的锦囊。我看着过去，想想现在，生气的不再生气了，追究的也想着放过吧，愉悦的更加愉悦了，感动和幸福的，它们又使劲儿地往我心里钻了几下。

我喜欢我身处的这个时空，就像我喜欢每一张照片里的人都身姿雀跃。他们即使经历着生活的苦，但依旧在照片里，笑得好甜。

原来，每个人的血肉里都流淌着很多闪着金光的经历。

而你们，就是我金光闪闪的记忆。

北京签售那天，有个很漂亮的姑娘，她走到我面前，把手机递给我，备忘录里密密麻麻整篇的文字，是她要对我讲的话。她写道："我看了你的书，喜欢你的文字，喜欢你的笑。他们都说你的声音很好听，我听不到，真想听啊。但我知道，只要我用心，就能感受得到。"我朝她比了个心，又用力地抱住她，那是我要对她说的话，我相信她懂我的表达。

那天，我收到了桃子送我的相册，里面记录了我从第一本书到第三本书的每一站签售。晚上回家，又翻开看，我跟朋友说："如果有一天我要经历人生的低谷和最晦暗的时刻，那这些东西就是支撑我再次站起来的巨大力量。"

那天，你们送我的花，我都带回了家，插好。

半个月过去了，花，已经干掉了。

但是，我感受到有些力量正在我心底，

拼命地生长着。

　　第一次到天津签售，我走在商场一头，就听见遥远的另一头大家在一起喊"蕊希"，哈哈哈哈哈哈哈哈。

　　那天印象最深刻的是一位消防官兵，他说别人的二十岁都在经历最快乐无忧的年华，他的二十岁却在经历生死离别。四年前，他在天津大爆炸中失去了几乎所有的战友，他是在那段极度痛苦的日子里听到了我的声音的，他说是我让他重新找回了继续生活的力量。他一直等我到签售的最后，我俩面对面聊了十几分钟。临走的时候，他向我敬礼，当时内心的感动我现在都还无比清晰地记得。他，就是我们平凡世界里的英雄吧。

　　那天签售快结束的时候，还来了一位八十二岁的老爷爷，精气神可好了。我问他，是不是帮家里的孩子来签书，他说书是他自己的，他每天都要读书看报。

　　天津签售那天，我送了小布和桃子一只好大的熊。他俩是因为我走在一起的，两个人在一起两年了。每次看到他们，我都觉得自己在做的事情真的很酷。

无论什么，其实最后，
我们都选择了原谅。

————————————

这一年少了很多的脆弱，
好像不再有什么事能让我深受打击。

总是在事情开始的时候就想到了最坏的结局，
于是大多的结果都好过预期。
现实有时并不尽如人意，
我却总能想办法面对它们，很积极。

很难感到难过，
才是真正让人难过的事情。
人在得不到拥抱的时候，
要自己拥抱自己。

人总是渴望被夸奖和赞扬，
希望我们都能得到它，
也希望我们都别吝啬这样去表达。

人应该用力记住那些特别幸福的时刻。

然后在生命偶尔的困顿和不幸里，

借着那些"无比美好"，

就会觉得"苦又何妨"。

我们所做的一切努力，

最后都是为了能和爱的人好好生活。

人生真美好，

被爱的人最美好，

而我们要珍惜那美好。

THE

DAY   LAST CHAPTER

I

LOST   终章

YOU 我 失 去 你 的 那 一 天

01 ▽

⋮

如今，站在岁月的中央，

我转过头去，向从前张望。

我仍希望，我与他们的光阴，只字未改，交错至今。

我们挥霍一生，留下一地笨拙，

如果再来，请你还要找到我，

你一句话也不必说，

我知道，我们见过。

这本书里我写得很满意很满意的那种段落，不多。

但这段，算是了。

　　我曾经看过一部纪录片叫《风之电话——向逝去的亲人低语》，里面讲的是发生在日本的真实故事。在日本岩手县大槌町有一座"风之电话亭"，经常有人专程赶去那里，跟逝去的亲人打电话。

　　这个电话亭的主人叫佐佐木，他建造这座亭子原本是为了跟自己去世的亲人说话。2011 年日本东部大地震，引发海啸，大椎町一千二百多人死亡、失踪。他就把那座电话亭开放，让地震幸存者们到那里跟逝去的亲人"保持联络"。

　　每天都有很多人去。有奶奶带着孙子来告诉爷爷："我作业写完了，今天全班只发了一朵小红花，是老师奖励给我的。"有女儿来告诉爸爸："爸，我谈恋爱了，他对我好的样子跟您好像，您可以放心啦。"还有一些人拿起电话，一个字也不说，喊了声"妈妈"，然后就一直哭一直哭。

　　人们在那个电话亭跟逝去的亲人们通话，就像他们从未离开过一样。

纪录片里有一个中年女人到这个电话亭跟自己的儿子说话，从里面出来，她跟两个结伴去的女人说："我知道他听不到，但我在说。"

听得到，我相信这两个世界其实一定会在某些空间里互通，不是迷信，我就是这样坚定地认为。

如果啊，以后，真有这样一个电话亭，在中国，我想我也会去打吧，无论它在哪儿。

虽然，我希望我永远不必去打那通电话，虽然我希望我打过去的电话永远能被他们接通。

02 ▽

　　两年前我发过的一篇公众号的文章下面有几条这样的留言，我保留至今。

　　"妈妈走了。但是我不想哭得太难过，我长大的这些年里，妈妈一直在告诉我要坚强，要独自面对。我其实也没有很害怕，因为我知道，我的妈妈她只是赶着去安顿我的下辈子了，就像这辈子她先来了一样。"

　　"直到今天，我都还保留着爸爸的手机和他的手机号码，每个月我都会帮他交话费，时不时地我也会登录他的微信去看看，翻翻他的朋友圈，和他跟我说过的那些话。我希望那部手机永远不会坏，我希望我拨出他的电话号码的时候，永远不必听到'您所拨打的电话已停机'。他的那件袖子上有着白色条纹的黑色帽衫已经被我穿到起球了，虽然已经洗过很多次，但我总感觉我还能闻到他身上淡淡的烟草味。Kindle 我也总是随身带着，不管我去哪儿去干吗，我都带着，我总是会在里面下载很多新书，好像他还会拿起来看那样。这些东西，都是我买给他的，现在，他又都还给我了。"

"我妈妈，她去享福了，不受罪了。我现在想哭就哭，哭完了就继续往前走，好好生活。我妈妈 2018 年去世的，她走了不到一年我爸爸也走了，那个时候我就好像是从一个悲伤跳进了另一个悲伤。经常梦到他们，然后第二天我就特别高兴，因为我又看见他们了，他俩还在一起，我们三个人也还在一起，我们好像也没分开过嘛。"

"我三十三岁那年年末，母亲肺癌晚期永远离开了我，走得很安详，临终前一分钟我还在坚持给她喂水，却没想到突然就看到母亲的脸从额头发际线开始向下变色，就像幕帘齐刷刷地向下拉，逐渐没了生命的颜色。嘴巴张着停止了呼吸，我哭喊着妈妈，可她老人家再也不会答应我了。这么多年过去了，怀念的感受一丝一毫都没有减少，我在努力带着妈妈给我的力量好好地朝着远方的岁月走着。"

你们说，这个世界上最好的告别到底是长什么样子的？
是留下他们的衣服、物件，甚至声音和气味，
还是好好地放下它们，真正地挥挥手，大方说再见。

我也不知道当我生命中的一个个他真实离去的那一天，我该如何安置他们的那些行过一生的痕迹。我也不敢想象我要花多长的时间才能渐渐接受、释怀，甚至轻描淡写地提起。

我也没想到我会在我二十八岁的这一年写一本主题这么沉重的书。只是因为突然间在这两年发现，好多人都离开了，好多身边人他们重要的人都离开了。以前觉得很久以后才会开始慢慢经历的事情，竟然已经开始要学会面对了。生命在跟我们讨论的问题，总会随着年龄的增长而越发深沉而难以启齿吧。

仔细想想真是这样，二十五六岁以前的人生，都在迎接，而在那之后的，却尽是挥别。以前渴望新的东西，后来才发现，旧的最珍贵也最难留。

等我们终于明白过来我们不想要那么多新的人事物的时候，当我们想留住老旧沧桑、光阴浸染的那些时，才猛然发觉，它们早已走向了结束的地点。

其实未必说的都是生死都是痛失所爱，生命给了我们好多好多东西，而当我们走到今天，我们也要懂得开始将它们慢慢交还。我也害怕这本书让你在阅读的时候感到沉重，可是如果我们都能在这短暂的沉重间有些许醒悟，也不失为一种值得。

⋮

　　我给这本书起的名字叫《我失去你的那一天》。这是我写书到今天，唯一一本书的名字，是在我写里面的内容之前就想好了的。

　　其实前面三本书的名字《愿你迷路到我身旁》《总要习惯一个人》《只能陪你走一程》都不是我自己起的，都是出版社的老师们觉得贴合内容又能畅销所以才起的，当时的我自己也觉得还挺好的。

　　这本书的名字，中间也有过出版社老师的其他建议，我却一直都很坚持，因为在我落笔的第一天，它就自己冒出来了。

不管这本书的名字能不能让它也像之前的几本一样畅销，我都很满意，也都无比开心。因为我知道，**我越早一天意识到我与失去之间的距离其实无比接近，我就越早能时刻提醒自己该如何珍惜，该如何真正找到我生命里每一种情感的平衡。**

我的编辑老师突然在某个早上问我，会不会很多读者看到这个名字没有代入感。我说不会，因为人人都在失去，每天都在失去，无时无刻不在失去。无论你有没有经历过家人的离开，你都可能经历过错失所爱之人，可能在不知不觉间就失掉了一些曾经重要的朋友和伙伴。

还有，我们每天都在面对自我生命的失去，其实你我每一天都在倒计时不是吗，只不过年轻时的我们觉得还有大把的时光可以用来倒数，但你并不能说它没有一直在发生。

更重要的是，我们其实每天都在有意无意地害怕担心焦虑"失去"这件事，从我们出生那天开始，从我们开始失去自己的第一滴眼泪第一颗乳牙，到我们失去玩具失去糖果，到因为搬家失去第一个邻居家一起玩耍的小朋友，再到我们失去孩提时期的远大理想，失去童年不被关心的爱好和差一点点就能去到的学校，失去那些年里喜欢过的男孩女孩，失去外公外婆爷爷奶奶，失去和爸爸妈妈共处的时间，也渐渐失去他们年轻力壮的岁月甚至自己的健康，再到我们终于失去了故土、失去了家乡，失去了记忆里永远只属于那里的很多乡愁和味道。

所以，这本书，是送给每一个人的。

也送给即将渐渐经历越来越多人生离场的我自己。

如果我们无法独自坚强，那起码，我们还有对方。

04 ▽

⋮

这是我的第四本书了，在我刚写第一本的时候，我怎么都没想到我能写完这么多本。

我说过我对于作家这个职业是有敬畏之心的，我不认为有点儿粉丝有点儿流量，能掉点儿书袋就可以出书，也看过市面上很多根本不能被称之为书的书，也深知什么样的功力才算得上真正的作家。

我在这个过程中得到过赞许，也看到过些许批评。只要言辞不带攻击我都视为珍贵的鼓励和建议。之所以一直在写，是因为知道自己的文字真真实实地给过很多年轻人以力量，也深知自己就是一个普通家庭里长大的普通孩子，但我一步步走到今天让自己满意的状态，这中间有很多可以被形成文字总结出来的感受能够跟你们分享。而如果这其中哪怕有些许的观点和见解能被你认同，为你所用，那就是我做这件事情最大的意义。

写作并不是我最主要的工作，也不是我最被大家熟知的方式，更不是我最擅长的事情，我却总在每年写书的这些时间里最冷静，也最感到安全。我在这些纸张间向自己发问，我把扭曲了自己的地方摆正，也让受到的委屈得以舒解，更让自己在那些闪闪发光的记忆里平静。后来我才发现，原来写作的时间竟然成了我每一年的岁月里，唯一和自己真正面对面谈心的时刻。

我从来不在家以外的地方写书，也不在床以外的地方写，我写书时的固定流程是：

关起房门，拉上窗帘，关掉房间里所有明亮的灯，只留下床边桌上最小的那一盏，然后把光调到最暗。那盏灯是我为了写书买的，样子就像早年间的那种小煤油灯，本身就长着一副很有故事的样子。

戴上头戴式的那种耳机，开启降噪模式，放纯音乐，钢琴吉他小提琴都好，音量总是开到很大，耳朵会被闷得很痛，但写完之前我从不会摘。

今年的这本书里的每一个字都是听着《这世界那么多人》的小提琴版本写的，这首歌没有歌词的版本比有歌词的还要好听很多，你不必去听作词人要讲给你听的故事，你会有自己的画面。你遗憾失去的，你不想失去的，都会跟着冒出来，挡都挡不住。手机飞行模式，电脑断网，不喝咖啡不喝茶，中途什么都不吃，一句话都不跟别人讲。

不管什么季节，都会盖一条很厚实但很蓬松的被子，靠在床头，后背垫两个特别松软的枕头。写得顺畅的时候这样一靠就是一下午，也不觉得麻不觉得累，反而有舒心的通透感。没有状态还逼着自己硬写的时候，把自己困在床上待一天也憋不出任何一段想说的话。

　　我一直自认是一个很有信念感很有自我意志的人，我总是很感激在写作的时间里，我在那些捡拾记忆的过程中整理自己，卸掉容妆，再重新描摹形象。我接下来想做的事情，我想去的方向，我想努力成就的自己，好像也都是在这个过程中建立的。

　　我写这本书之前其实有几个月是处在焦虑中的，总觉得自己写的东西没有技术含量，不会写小说，也没有想象力，写的东西千篇一律，好像也没有任何结构可言，担心阅读的人会觉得浪费时间没有收获。可能这就是每一个创作者都会有的面对创作的不安和无措吧。

　　每一位笔者都有自己的风格，也都有基于自己的成长环境、所受教育、人生经历的感悟和见解。其实写作这件事情本身并无是非对错可言，多的是，笔者与读者间的缘分，或者说是默契。我不是在为或许自己文字里依然存在的浅薄找理由，我只是试图寻找到一个个在这里跟我思想相契合、感受可以共情的你。虽然我们也许这辈子都没有机会见上一面，但或许来日当我们各自在经历人生里的某些关于失去的感受时，我们能够想到，有人与自己并肩。

全书不是字字段段都满意，我却也真实地为自己能写出当中的一些段落感到骄傲。希望当你阅读到这里的时候，也依然能够回忆起那些我与你产生了情感联结的片段。希望那些文字让你感受到美好、惊喜，亦能让你难过、落泪。你要知道，你看哭了的那些地方，也是我泪流满面才写完的。如果我们在这本书的文字里经历过的这些"想象里的失去"能让真实生活里的你我对所爱之人、对不想告别的人多一些温柔和谅解、感激与赞美，那也就不算浪费我们在这字里行间流过的眼泪，也不失为一次美好的体验。

05 ▽

⋮

这本书写到一半的时候，朋友问我，明年还写吗？

我说，不写了。

下一次你们再在书店里见到我的书，可能要等到我三十岁之后的某一天。那时我大概才会再次跟你们聊起中间又过去了的那些年。

谢谢你们在这几本书里的陪伴，谢谢你们陪我成长至今，无论是在我的声音里，还是在文字里，在画面里。

万分有幸与你共同走过这些年的岁月，不管将来的我们能不能让今天的自己感到满意甚至骄傲，都希望我们拥有心底里不曾改变的皎洁和纯真，希望我们总是怀有强大的信念和坚定的理想，不管这些在他人眼中是大是小，我们也都不轻易被动摇，不随意被浸染。

还有几件很重要的事情。

对得起自己，是人一辈子最简单也最困难的事情。每个人都知道，但能做到的却很少。

人的一生真的短暂，短暂的原因不是我们只能活上短短七八十年，而是我们甚至都不知道自己能不能度过今天。我不是在制造焦虑和恐慌，我只是想让看到这里的你，也让写到此处的我自己知道，要善待每一个如常岁月里的我们自己。

也许这本书会让你努力不要在某天失去所爱之人的时候内心还留有未完成的遗憾，但我同时也想让你知道，这些人里也包括你自己。希望我们自己在要离开的前一刻，当我们在弥留之际回顾此生，我们的内心也能尽是坦荡和即将远走的心安，希望我们觉得人生海海，此行值得。

所以，不要为了太多世俗的条条框框，为了所谓规矩和他人的目光，为了这个世界本身对我们性别和角色的要求，而一味无底线地委屈自己。对得起自己或许正是人这一辈子最简单也最困难的事情。内心灼热，面目有光，被爱浸满，即使那只是你对自己的爱。

别仗着年轻挥霍身体，疾病的开关它一直都在，也一直开着。

我们公司的伙伴和我身边的朋友，大部分都跟我年龄差不多，三十岁左右，也有些小的二十五岁左右。今年安排的体检，差不多三分之二的人，身体都查出来有问题，而且都不是可以忽略不计的小毛病。

乳腺里长东西需要切掉的，妇科有问题的，甲状腺分泌不正常需要完全调整饮食作息的，因为总是情绪波动异常心脏功能不好的，胆结石肝结石的，最常见的是血脂血糖高，年纪轻轻就得糖尿病的。如果你也走到了这个年纪，问问身边的人，十有八九身体上多多少少都有一些需要注意的问题。我自己常年腰痛，站着坐着走着躺着都疼，最近也在请中医调理。

任何知识都不会无用，我们这一路学了太多，但关于健康的许多常识其实很多人都不知道，甚至还在将错误的饮食和健康观念奉为真理。其实我们每一天都在害自己，也在害家人。

我身边有朋友抵触体检，三十多岁从来没做过彻底的全身检查，不去的原因是害怕检查出问题，不敢面对，害怕解决起来困难，甚至无法解决。道理人人都懂，但我希望你我都别大意。其实我们从出生开始就走在跟我们的身体共处跟博弈的路上，年纪越大，我们在自己的身体面前失去的东西就会越多越大。无知者无畏，愿我们各自保重，平安顺遂。

我们人生的任何努力其实都是为自己而做，计较越少的人，得到的越多。

这个世界上永远不会真的有白付出的爱，白流的泪，白滴的汗，白做的努力。有些时候它们看起来会像是为了别人而做的，但其实根本上都是为了我们自己。

　　我公司曾经招过一个女孩，来了两周，试用期还没过就走了。因为不愿意看别人的稿子、排别人的文章，她只想对自己的东西负责，她不认为那是学习的过程，只觉得别人的与我无关，我不要为了别人的成果花费心思付出努力。

　　我以这几年当老板的经验分享，只要你的老板不是一副资本家压榨你的面孔，只要你认为他是个惜才且有分寸有智慧的人，那就不要计较你在工作里的小小得失。有些人加班十分钟都要跟老板算计是多少钱，你有没有想过，班不是老板让你加的，是你白天有效工作时间里效率低才会让自己加班的。如果你是老板，你会如何看待这样的员工。惜才的老板会为了留住你付出很多，因为他不想失去你，如果你想得到更多，你就要成为让他珍惜的"材"。

　　当然别走极端，我不是告诉你要忍让要什么话都听什么事都照做，只是不要在工作中只看到"自我"，只讲究个性。

　　尼采说："自我谴责，也能成为战败后恢复力量感的一种手段。"

我们都会遇人不淑，但我们也应该知道，所遇皆良人这件事，除了靠运气，也是做好人行好事的福报。但怀善念，莫问前程。时间会给答案的，早晚而已。

人生最重要的，其实不是做一个快乐的人，而是做一个平静的人。

我对后面人生中的自己的要求是：不做情绪的受害者，而是能平静地面对这世界里的各种观念和声响，无论它们与自己内心所坚持的有多相悖，都理解也都温柔以对。

可以不必回击别人的诋毁，也不再因为他人的赞许而扬扬自得。平静源于对自我最坚实的肯定，有毫不动摇的决心和始终爱自己爱生命的状态，于是淡定，于是和风细雨，于是予人春风。

我一直都还记得，在我年纪还轻一些的时候，特别喜欢那种身上有刺会露锋芒的人。后来呢，我发觉那些能对任何人事都温润可亲的人，真是可爱极了。也许，这就是我们在不断失去的成长过程中，慢慢得到的东西吧。也挺好的，不是吗？

最后，我们能做的，只有接受。

该来的总会来，要走的留不住。很多时候，我们连自己都
管不好，又怎么能奢望掌控那些生命里的去留游走。

我们在很多事情面前，其实是没有反击的力量的，我们自
己也知道，有些反击都是做给自己看的。我们慢慢就会承认自
己的狭隘和无知，粗鄙和无力，直到我们终于开始接纳它们。
我想，这也算不上妥协吧。只是我们难得看清了生活的真相，
也终于能开始在那些或许面目可憎的真相里，找出能开出花来
的土地。而我也始终相信，心中总有无限善意的人，一定会在
失去的门前被回以最温柔的对待。

你看，现在你就在失去，你已经彻底失去了你阅读这本书
的光阴。

而我呢，我的这一摞文字，即将失去你的宠爱，被你放在
一个也许你以后都不再会翻动的地方。

可是，你知道吗?

"失去"的另一个名字，叫"来过"。

因为来过，失去才有了被记得的意义。

也因为失去了，我们才永远不会忘记。

他，来过。

而我，爱过。

后来我们终于都会明白，

人生本身就是一个要跟无可奈何，

要跟不幸与挫败、离散和远行，共存的过程。

对了。

前几天，我和我家那位坐在家里客厅地毯上吃饭，我跟

他说:

"我这本书书名定了，叫《我失去你的那一天》。"

他咬了口汉堡，抬眼很认真地看着我说了一句:

"不会有那一天。"

嗯，一个人离开的那天，其实并不意味着就失去了，不是吗？

或许，被彻底遗忘了的那天才是吧。

全书至此，已近完结。

最后一句，送给会看这本书的我害怕失去的那些人。

这句话，你要牢牢记住，并且请你跟我做相同的努力。

我失去你的那一天，

也会是，我再次走向你的日子。

如果，失去总要到来，

那就让我们从那天开始，重新相爱。

谨以此书献给这个世界上的每一种

爱。

©中南博集天卷文化传媒有限公司。本书版权受法律保护。未经权利人许可，任何人不得以任何方式使用本书包括正文、插图、封面、版式等任何部分内容，违者将受到法律制裁。

图书在版编目（CIP）数据

我失去你的那一天 /蕊希著. -- 长沙：湖南文艺出版社，2021.11

ISBN 978-7-5726-0405-8

Ⅰ.①我… Ⅱ.①蕊… Ⅲ.①散文集－中国－当代 Ⅳ.①I267

中国版本图书馆CIP数据核字（2021）第203638号

上架建议：畅销·青春文学

WO SHIQU NI DE NA YITIAN

我失去你的那一天

作　　者：蕊　希
出 版 人：曾赛丰
责任编辑：匡杨乐
监　　制：邢越超
策划编辑：李彩萍
特约编辑：尹　晶
营销支持：霍　静　文刀刀
封面设计：潘雪琴
版式设计：风　筝
封面摄影：小红书"阿西柚喂"
内文摄影：喜　子
出　　版：湖南文艺出版社
　　　　　（长沙市雨花区东二环一段508号　邮编：410014）
网　　址：www.hnwy.net
印　　刷：三河市中晟雅豪印务有限公司
经　　销：新华书店
开　　本：880mm×1230mm　1/32
字　　数：150千字
印　　张：8　　插页：8
版　　次：2021年11月第1版
印　　次：2021年11月第1次印刷
书　　号：ISBN 978-7-5726-0405-8
定　　价：49.80元

若有质量问题，请致电质量监督电话：010-59096394
团购电话：010-59320018